ベリーズ文庫

極氷御曹司の燃える愛で氷の女王は熱く溶ける

～冷え切った契約結婚だったはずですが～

にしのムラサキ

JN167619

STARTS
スターツ出版株式会社

目次

極氷御曹司の燃える愛で氷の女王は熱く溶ける
～冷え切った契約結婚だったはずですが～

極氷御曹司の燃える愛で
氷の女王は熱く溶ける
～冷え切った契約結婚だったはずですが～

【プロローグ】

起業して五年目の春、父に見合いさせられた。

窓から見えているのは、満開の夜桜だった。かつて明治の文豪も愛したという伝統と格式ある料亭の明かりに照らされ、その古木は夜にぼんやりと浮かんでいた。

ちらりと見て、心底、綺麗だと思った。

けれど、顔には出さなかった。

口にも出さなかった。

態度にも出さなかった。

代わりに表情筋を動かすことなく発したのは「契約結婚」の四文字。

仲睦まじい夫婦になどなれそうにも、なりたくもなかったので、向かいの席で黙って日本酒を呑む男に開口一番に提案したのだ。

――この結婚を普通の夫婦のように愛があるものではなく、ビジネスライクなものにできないか、と。

男は猪口を磨かれた天板に置き、私の目をまっすぐに見た。

呆れるほど端正で、どこまでも精悍な男だった。だけれどその瞳にはどんな感情も浮かんでいなかった。冷静で、冷徹で、どこまでも理性的。酒精《しゅせい》は彼の気分を高揚も沈降もさせないらしい。きっちりと着込まれたスリーピースのスーツには、しわ一つない。

世界的な企業をいくつも傘下に収める旧財閥の御曹司、自らもやり手のビジネスマンとして経済界に名をとどろかせる男、〝極氷《きょくひょう》〟寒河江《さむがえ》宗之《むねゆき》。彼は私の「契約結婚」という提案に間髪を入れず頷いた。

「私はそれで構いません。それではさっそく婚前契約書を作成しましょう。この場で草案を作り、後日顧問弁護士より送付させます」

よろしいのですか、という言葉が口から出かかった。もう少し何らかの反応があると思っていたのだ。でもそれを表には出さず、私は頷き事前に考えていた案をいくつか口にする。寒河江さんは「分かりました」とあっさりと了承した。

「では特有財産、共有財産ともに北里《きたざと》さんの案でいくことにしましょう。法的にも全く問題ないはずです。苗字はどちらに」

「寒河江でよいかと。私には兄がいますので」

「旧姓は通称で使いますか」

「いえ、その予定はありません」

「分かりました。呼称はどうしますか」

「……宗之さん、とお呼びしても」

「分かりました。以降、下の名前でお互いを呼ぶことにしましょう」

淡々と、まるで決まりきった仕事の手順を確認するかのように、これからのことが決まっていく。彼は続けた。

「生活費の負担についてはどうしますか。ああ、同居なのか別居なのかも」

「最初から別居ですと口さがない噂も出ますでしょうね」

「私は気にしません」

「私もです。ただ、申し訳ないのですが……少々込み入った事情があり、最初の数年だけでいいので同居という形をとってもらっても？　また、仲のいい夫婦のふりもしていただきたいのです。人前だけで結構なので」

「分かりました。では住居に関しては私の投資用に購入した物件から住みよさそうなものの資料を数件、秘書から送らせます」

「ありがとうございます。お手数ですが私の秘書宛てにお願いしても」

「もちろんです。以前名刺をいただいていましたね」

「……覚えてらっしゃったんですね」

びっくりしてほんの一瞬、反応が遅れた。かつて一度ビジネス関係のパーティーで顔を合わせた程度だったというのに。

「私は一度会った人間の顔は忘れません」

当然のことのように言われて内心舌を巻く。

「ところで三花《みつか》さんは子供は欲しいですか」

さらりと下の名前に切り替え、寒河江さんは……宗之さんは尋ねてくる。

「必要ないと考えています」

「分かりました。後継は親族のほうでなんとでもするでしょう。では、性的な関係は持たないと、こちらも明記しておきますか」

私はかすかに首を傾げ、この人はそれでいいのかしらと考える。欲求のはけ口は？

……私が気にすることじゃないわ。どうせどこかで適当に発散するでしょう。

父や兄のように。

彼らの愛人たちの顔を思い浮かべ、悲しい気分になる。

父の愛人……いや、母の死後だから、恋人か。私は中学生だった。

紹介された時、驚く私に父の恋人は『困ったことがあったら、よければお母さんだと思って頼ってね』と優しく言った。柔らかな雰囲気の、母とは正反対のかわいらしい女性。

けれど父は不快そうに眉を寄せ言い放った。

『お前ごときの女が、北里家の妻になれると思っているのか？　家柄も、血筋も、何もないのに？』

父にとって女とは、そういう存在だった。人格などなく、対等な関係など望むべくもない。

兄はもっとひどい。政略結婚した妻が男の子を産むと、これで義務は果たしたと言わんばかりに堂々と愛人を幾人も作り、取っ替え引っ替えしている。義姉はすっかり病んでしまった……。

それを咎《とが》めた私を〝ヒステリー〟だと一笑にふした父と兄。

男なんて、信用すべきじゃない。

女が感情や意見を持つこと自体が彼らにとって〝ヒステリー〟なのだ。

どうせ、この人も。

宗之さんと目が合った。感情も欲も、その氷のような瞳には何も浮かんでいない。

草案があらかたまとまったあたりで、ちょうど襖がそっと開かれた。

「先付けのゆり根豆腐の花菜添えでございます」

――そう、私と宗之さんはこの見合いの席、開始十分で話をまとめ上げてしまったのだ。結婚式をいつにするか、招待人数の概算、予算、そのあとの結婚生活に関すること全てを、会席料理の前菜が来る前にまとめてしまった。

果たして食事するべきなのだろうか。

一瞬迷った私に、宗之さんは淡々と告げる。

「ここには何度か俺も来ているが、旨いぞ」

「そうですか」

食べたほうがいいという誘いだろう。口調も一人称もがらりと変えた宗之さんは手酌で日本酒をぐいぐい呑みながら「君は？」と私をまっすぐに見た。

「呑まないのか」

「……ワイン派でして」

「そうか」

それきり黙って宗之さんは食事を続ける。まっすぐな背筋、嫌味なほど完璧な箸使いに少し気が滅入る。完璧な人間といるというのは、どうしたって息が詰まる。

「ところで、君はいつまで敬語なんだ」

「……どういう意味でしょう？」

「婚約したんだ。対等な立場だろ？　いや、敬語が君のスタンスであれば強制はしない

淡々と言われてこっそりと目を瞬く。

対等。

この人は、私を対等な人間だと思っているのか。驚いた。少なくとも私の近くにいる〝一流〟の男は、女をそんなふうには扱わなかったから。

「……そうですね。これが私の立場《スタンス》です」

そう返した。

私とあなたは婚約はしたが、敬語を排するほど近しい関係性じゃない。そんな気持ちをこめて。

宗之さんは一口猪口に口をつけ、目だけで頷いてくる。鷹揚《おうよう》で、余裕があって、理知的。彼は私が当初想定していた以上に、理想の結婚相手なのかもしれなかった。その満足感でかすかに目を伏せる。

よかった。

内心で胸を撫でおろす。彼となら、恋愛などしなくていい。仲睦まじい夫婦のフリ

をするだけでいい。触れられたくもないのに、身体を許さなくともいい。

ちらりと窺い見た宗之さんは、凍てつくほどに冷徹な瞳で、でもとても魅力的な外見をしている。

もしかしたら、ほとんどの女性はたとえつれない態度をとられても、夫婦となれば特別な感情を抱いてしまうかもしれない。

でも私はそうはならない。

絶対に、彼に恋などしない。心動かされない。

なぜなら私は、〝氷の女王〟。

最後まで冷え切った心をごらんにいれましょう。

いいこと、三花。
そんなふうに笑うのはおやめなさい。はしたない。
そんなふうにはしゃぐのはおやめなさい。みっともない。
すぐに泣くのはおやめなさい。見苦しい。

感情を表に出すのはおやめなさい。
あなたは北里本家の娘なのだから。

死んだ母の言葉を思い出しながら、私はドレッサーの鏡を見つめる。真っ黒で長い髪、少し垂れ気味の目、冷たい雪のような色の肌の上で唇だけが赤い。
私はアイラインとシャドウで目つきを少しきつめに変える。私はきちんとメイクをしていないと「おっとり」して見える顔つきなのだ。両親によく咎められていた。気持ちが弛んでいるから顔にも出るのだと。

特に目には感情がよく出てしまう。隠さなくては。

この顔に浮かぶありとあらゆる感情を、全て隠してしまわなくては。氷で固めて、溶け出してしまわないように。

マスカラを塗り、チークを入れてリップで仕上げをする。鏡の中の私は、笑ってしまうほどに生前の母にそっくりだった。常に冷えていた、母の瞳。

目つきは変えず、唇に笑みを浮かべる。そうすると感情のこもらない笑顔になる。

「練習、完了。今日も完璧」

私は呟き、ドレッサーの隅に飾ってある小さな陶器の人形に触れる。数年前、ヨーロッパの蚤《のみ》の市《いち》で手に入れた、五センチもない、小さなアンティークのものだ。アンデルセンの童話『雪の女王』をモチーフにしたものだと思う。

仲のよい少年少女。けれどある日、少年は悪魔の鏡の破片が胸に刺さって、冷たい性格になってしまう。雪の女王に気に入られ攫われた少年を、少女は追いかける。

少女の涙で悪魔の鏡は溶け、少年は温かな心を取り戻す……。

私の人形はその『雪の女王』のもの。

真っ白な肌に銀色のティアラ、アイスブルーのドレス。とても綺麗で一目惚れしたのだ。

「……ハッピーエンドのそのあと、あなたはどうなったのかしら」

冷たい女王は、幸せになれないのかしら。

呟いたとたん、スマホが着信を告げる。表示されていたのは、私の秘書の名前だった。

「はい」

『北里社長、おはようございます。車、到着しております』

「分かったわ。ありがとう」

私は立ち上がり、今日の予定を頭でも確認する。会議がひとつ、イギリスに派遣しているスタッフとのウェブ会議がひとつ、それから……。

「ああ、そういえば今日はお見合いがあったわね」

住んでいるタワーマンションのエレベーターの鏡で前髪をチェックしながら呟いた。すっかり忘れていたわ、あまりにも些事《さじ》だから。

「おはようございます！」

エントランスに出ると、秘書の吉岡《よしおか》がいつも通りの朗らかな笑顔で待っている。人のよい同年代の男性で、気心の知れたいい部下だ。最近少し何か悩んでいるようなのが気にかかるけれど、踏み込んでいいものか分からない。

「吉岡くん、おはよう。何か報告は？」

歩きながら聞けば、響くように答えが返ってくる。

「スリランカから連絡が入ったのですが、今年のファーストフラッシュかなり出来がいいようで。早めにロンドンのほうに来てもらいたいと」

ファーストフラッシュとは、春摘みの紅茶の茶葉のこと。緑茶で言えば〝新茶〟だ。

「分かったわ。予定は？」

自動ドアをふたつ経て、マンションの前に出る。植えられているプラタナスは春の日差しを浴びて新緑を思うがままに輝かせていた。

「来週空けてあります」

止められていたセダンのドアを開きながら吉岡が言い、私は乗り込みながら「そう、ありがとう」とかすかに目を細めた。

後部座席のシートに身を沈め、軽く嘆息する。

――私が茶葉の輸入専門商社を立ち上げたのは五年前、まだ大学に在学している時だった。

私は旧財閥系企業の創業者一族、北里本家の長女。兄がいるとはいえ、誰からも当然関係企業に勤めいずれは経営に関わるだろうと思われていた。

それが嫌だった。

どうしても嫌だった。

恐らく、父と兄への嫌悪感もあっただろう——母が死んですぐ恋人を作った父、その恋人にすら冷淡な父。そして不倫三昧の兄。いつだって冷酷な彼ら。男性はみなこうなのだろうか？　……少なくとも親戚を見ても私の身内の男性は、みな同じだ。

お金があればそれでいいのかと、問い詰めたくなる。

これ以上、こんな一族に縛られて生きたくない。私が商社を立ち上げ、様々な国の茶葉を輸入することにしたのは、そんな理由からだった。紅茶の本場イギリスをはじめ、フレーバーティーはフランス、昨今のアジアブームも手伝い台湾茶も好調だ。

もっとも、ひとつでも失敗すれば、今兄が経営に携わっている大手総合商社に合併すると父から言い含められていた。それでもいいからと始めた仕事だった。

幸い経営が軌道に乗り、今までやってきた。上場だって目の前なのだけれど……。

『三花。お前は北里家に何の貢献もしていないんだ。そろそろ少しくらい役に立て』

父がそう言ったのは、わずか一カ月前。どこか傘下の会社の経営でも任されるのかと思いきや、あっという間に見合いの話をまとめてきた。

父にとって私は駒のひとつでしかない。ひとりで会社を立ち上げ、軌道に乗せたことすら、児戯《じぎ》程度にしか思われていない。

けれど断れば、せっかくここまでやってきた会社がどうなるか分からない。創業わずか数年の芽吹いたばかりの会社など、父は潰そうと思えば今この瞬間にでも捻り潰すことができる……。

だから私は見合いの話をのんだ。恐らく私と相手の感情など意味がない。見合いをして『このかたとはちょっと』と婚約を断ることもできないだろう。これはもう結婚までを、家と家、企業と企業の繋がりを想定して決まった話なのだ。寒河江家のほうでも、ちょうどいつまでも独身の長男に困り果てていたところで、父からの提案を渡りに船と勝手に見合いを決めたのだと聞く。

結婚自体は別に構わない。どうせ結婚なんか契約の一部。愛情なんか求めてないし、そもそも男性が一途に女性を愛するなんて幻想も抱いていない。どうせいつかしなくてはならないのなら、少しでも自分の有利になるようにするべきだ。

「社長、本日は十八時より寒河江様と会食のご予定ですが、その前にお召し替えのお時間は必要でしょうか？」

運転席から吉岡が朗らかに言う。彼もこれが寒河江家との見合いだと分かっていて、でも同時に私が乗り気でないのも承知だ。

「必要ないわ。このままで構わないでしょう」

春らしいカットソーにパンツスーツ、十センチヒールの黒いパンプス。髪は片方に流してある。いつも通りのビジネススタイルだ。

足を組み直し、窓の外を見る。春の街並み、道ゆく誰もが機嫌がよさそうで羨ましくなる。私は気の進まない見合いがあるというのに——もっとも、それを誰にも悟られてはいけない。

私はいつだって冷静で、無感情で、クールでいなくては。

まあ相手だって、私がめかし込んでくることを期待なんかしていないだろうと思うと、少し気が楽になる。

——寒河江宗之。旧財閥の御曹司、跡取りの長男。二十六歳の私より五つ年上の三十一歳。冷淡冷酷冷静、「冷」のつく二字熟語全てを網羅したような男性だ。一度どこかのパーティーで顔を合わせたことはあったけれど、人間味のかけらもないように見えた。

実のところ、彼は異常なほど見た目がいい。百八十センチを超えている身長、すらりとしつつ鍛えられているのが分かる体躯、精悍で端正なかんばせ。恋などできない私ですら一瞬目を瞠《みは》った。

　そんなわけで女性が次から次へと擦り寄ってくるにもかかわらず、なびくどころか優しくする素ぶりすらなかった。あれだけ胡麻を擦られれば、多少なりとも態度が軟化していいだろうに――一部では〝極氷〟なんて呼ばれ方もしているらしい。なんでも、厚さが三メートル以上ある海氷のことだとか。大柄で冷淡なところからだろう。影で〝氷の女王〟なんて呼ばれている私とは似合いなのかもしれなかった。

　つらつらとそんなことを考えつつ、吉岡と今日の予定について会話していると、私の会社に着く。小さいけれど自社ビルだ。

　一階は直営の紅茶専門のカフェで、主にフランス直輸入のフレーバーティーを扱っている。

　最上階でエレベーターを降りれば、廊下の左右にずらりと社員が並んでいた。

「おはようございます、社長。あれ、ピアス新しいですね。お似合いです」

「おはよう。そうなの。気がついてくれてありがとう」

　歩きながら口元を緩めると、声をかけた社員が両頬を染める。

「も、もったいないお言葉っ」

「社長、あのっ、おはようございます！　今日もお綺麗です……！」

「ありがとう、あなたもネイル新しくしたのね。かわいいわね」

「はぅ、あ、ありがとうございます……っ」

基本的にうちの会社は女性が中心だ。商材が商材なので興味のある人材を集めていたらそうなった。

それにしたって。

「ねえ吉岡くん。うちの会社って、少し雰囲気が他と違うわよね？」

社長室の扉を開く吉岡に聞いてみると、彼は不思議そうに振り向いた。

「そうですか？」

「そうよ。あんなふうに社長が執務室に入るのを並んで見送る会社って他にある？　それともうちがブラックなの？　強要はしていないのだけど……？」

何かそんな雰囲気を出しているのかしら、と振り向く。廊下に並んだ女性社員たちが「きゃあ」と黄色くさざめいた。

「いや、これは単純に朝イチで社長を目に納めて眼福を味わう自主的な集まりです」

「……？　何の話？」

「社長って女子校ですよね」

「ええ」

「モテませんでした？」

「どういう意味？　男性と接点は全くなかったわ」

「いいえ、同じ学校の生徒さん方にですよ」

「女の子に？　……まあ、生徒会長をしていたころ、こんなふうに生徒が並んでいたことはあるけれど。もしかしてからかわれているのかしら」

私はほんのちょっぴり不安になる。クールで冷静でいたいのに、もしかして周囲からは浮いて軽んじられているのかしら。

「愛されているのですよ」

「そう？　……なら、いいのだけれど」

デスクにつくと、一階のカフェからすぐさまモーニングが届けられる。いつも違う社員が持ってきてくれる。お礼を言うと、たいてい彼女たちは顔を赤らめソワソワしながら出ていくのだ。

私が〝極氷〟寒河江宗之ならばともかく、〝氷の女王〟北里三花だ。一体何が面白くてあんなにキャアキャア言うのだろうか。

薔薇の花びらがたっぷりとブレンドされたフランス式紅茶をひとくち飲みながら、すでに起動されているパソコンにログインすれば、自分のデスクにいた吉岡が「ははは」と楽しげに笑った。

「社長はご自分の魅力に鈍感ですねえ」

「自分の実力なら嫌というほど分かってるわ。もっと力があれば、父に強要された見合いなど受けずに済んだのだもの」

髪をかき上げ言い切ると、吉岡は眉を下げる。

「そういう意味では……ああでも、お見合いですか。僕は社長の思う通りにされたらいいと思います。従業員一同、同じ気持ちです。たとえ地獄だろうと、社長について行きますよ」

「……ありがとう」

ティーカップをソーサーにそっと置きながら呟く。私はいい部下に恵まれている。

――必ずこの会社を守らなければ。


そうして向かったお見合いは、とてもビジネスライクなものだった。正直、ホッとする。寒河江さんが契約結婚をあっさりと受け入れたことも、私の意志を尊重する意思をみせてくれたことにも。

実は内心懸念していた、子供をどうするかについても彼のほうから確認を取ってくれて助かった。

「必要ないと考えています」

そう答えた時、彼は本当に眉ひとつ動かさず、淡々と答えた。

「わかりました。後継は親族のほうで何とでもするでしょう。では、性的な関係は持たないと、こちらも明記しておきますか」

彼がよそで誰とどんな関係を持とうと、私が気にするとは思えない。それよりこれからも変わらぬ生活を送ることができるであろうことに、心の中で安堵のため息をついたのだった。


「ではこれからよろしくお願いします」

料亭の前で車を待っている時。

簡単な挨拶のあと、頭を下げた拍子に私の髪が宗之さんのジャケットのボタンに引っかかってしまった。

「あ……申し訳ありません」

スタッフから鋏《はさみ》を借りようとした私をとどめ、宗之さんは丁寧に髪の毛を外す。

「お手数を」

「構わない。綺麗な髪なのに、切ってしまうのは忍びない」

さらりとそんなことを告げながら、宗之さんがボタンから外した私の髪の毛を興味津々に撫でたのは不思議だった。一体何が面白くて宗之さんはこんな行動を？

「……何です？」

「ああ」

何でもないことのように宗之さんは答え、私の手を取り「温かいな」とかすかに眉間を緩めた。手の甲を撫でる男性らしい筋張った、少しかさついた指先にどぎまぎする。習慣のおかげで、顔には出ていないと思うけれど。

「一体何ですか」

「いや、温かいなと思ってな」

「そりゃあ、そうでしょう……？」

眉根を寄せつつ彼を見上げる。

「君はあまりにも綺麗な人だから、氷の人形みたいに冷たいのかと思ったんだ」

そんなことをさらりと言い放ち、宗之さんは私の頬にほんの少し触れる。

「柔らかいし」

「ちょ、っと……これはセクハラでは」

「どうして。俺たちは婚約しただろう？」

「契約上は、です。それにこんなこと契約の条項には」

「入っていない。なら問題ないだろう？」

じっと精悍な瞳で見つめられそう言われると、それもそうかという気分になりかけて困る。これが寒河江宗之のカリスマ性というものだろう。彼には人を従わせる不思議な魅力があった。御曹司としてではなく、一流の経営者として世界的に名前が知られているのには実力はもちろん、そういったところもポイントなのだろう。

「と、とにかく。私はちゃんと生きている人間ですので」

「それは知っている」

軽口のつもりだったのに、真面目に返されてしまった。むっとすると宗之さんはほんのかすかにふっと頰を緩めた。からかわれたのだと唇を尖らせそうになって、我慢する。

感情を出したところで、いいことは何もない。

過去の悲しい記憶が蓋を開けそうになり、耐える。

寒河江さんは「それでは、式で」と言い、タクシーに私を先に乗り込ませた。彼は会社の車が来るという。もしかしたら、まだ仕事があるのかもしれない。呑んでいたけれど、酔っている素ぶりは微塵もなかった。

結婚式は夏の盛りに盛大に行われた。当初予定していた通り、宗之さんが社外取締役をしている不動産関連の会社が運営する老舗高級ホテルだ。

計画通りの結婚式、計算通りの人々の反応。口々に言われる「おめでとう」の言葉に、微笑み返しお礼を言う。

ああ、一体何の意味があるのだろう。

家と家との結びつきを強くするためだけの、そんな結婚。

私と宗之さんの感情など、ひとつも考慮されていない。

式が執り行われたチャペルから披露宴の会場へ移動するさなか、ふと思い出したように宗之さんは口を開いた。私はマーメイドのドレスに、ダイヤがふんだんにあしらわれたティアラだ。ウェディンググローブは式で外している。

宗之さんは白のタキシード。精悍で長身でスタイルもいい彼に、嫌味なほど似合っていた。

「綺麗だな」

「何がですか」

スタッフにやたらと重いドレスの裾を持たれ歩きながら、私は聞き返す。

「君が」

「ドレスが、でしょうか？」

「君自身が」

思わず立ち止まりそうになる。必死で耐えて横を歩く宗之さんを見上げれば、彼の瞳は相変わらず冷え切っていた。ホッとしてまた前を見据える。社交辞令の類だろう。

ほんのちょっと、声に甘さが交じっていた気がしたのだけれど、気のせいだ。

そんな感情、向けられるはずがない。

「それはどうも。宗之さんもとてもお似合いだと思います」

「そうか。ありがとう」

淡々とふたりで廊下を歩く。スタッフたちも優秀で、口をはさんでもこない。

窓を見ればどこまでも青い空に、白い入道雲が浮かんでいる。ガラスの向こうで蝉の声が響いていた。何だか無性に泣きわめきたくなって、でもそれを必死に我慢する。

『感情を出してはいけません』

その教えを私は必死に守っている。母の言葉だからというわけではなく、単に、他人の前で感情を出したってろくなことはないから。

でも時々、あふれそうになる。

そんな時、私はどうすればいいのかわからない。

だから顔に何も出ない。冷たいかんばせのまま、披露宴会場の大きな両開き戸の前に立った私の手を、大きな手のひらが握った。

「宗之さん。こんな演出、ありましたっけ」

そう聞きながら宗之さんを見上げた。彼の手のひらは、とても温かい。

肋骨の奥で凍えて縮こまっている心臓がゆっくりと拍動した。宗之さんは「いや」と前を向いたまま言う。

「君の指は冷たいな」

「ええ、まあ」

「根拠のない俗説だが、指が冷たい人間は心が温かいらしい」

彼の言葉に内心目を丸くした瞬間、披露宴会場の扉は開かれた。


「おめでとう、三花」

披露宴後、新婦控室で旧友の顔を見た瞬間、ドッと疲れが押し寄せてきた。気が緩んだのだろう。私は白い大きなソファに横たわるように座り、旧友で親友、幼稚園からの同級生、西園寺梨々香《さいおんじりりか》の顔を見上げた。

「めでたいと本当に思ってる～？」

彼女は、私が世界で唯一、あけすけに感情を表に出せる相手だった。私が生徒会長をしていた学生時代も副会長としてそばにいて、支えてくれたたったひとりの親友。

「思ってるわよ、ほら、しゃきっとしなさい」

私のお色直しあとのアイスブルーのドレスの裾をつまみ、梨々香は唇を尖らせた。

「せっかくのドレスがしわになる」

「いいのよ、もう着ないし……ああ、疲れた」

クッションに頭を乗せた私の横に座り、梨々香はくすくすと笑う。

「ほら、氷の女王が形なしよ」

私の頭のティアラを梨々香はつついてからかって笑う。

「いいのよ、もう。今日はじゅうぶん頑張ったわ。苦手な笑顔だって作って見せたし」

そう言って目を閉じる私の背中を梨々香が撫でた。

「すごく綺麗だったわよ、お疲れ様。でも、噂で聞いていたより、あなたの旦那様、温かな感じね」

「……どこを見てそんな感想を？　契約結婚だって言ったでしょう」

披露宴の間だって、一切親密な会話はなかった。私としてはもちろんそれでいいのだけれど。

思わず目を開き眉を寄せる私に、梨々香は不思議そうに言う。

「どこを見て、って。入場する時のエスコートや、披露宴中のあなたへの態度？」

「……ああ、式と披露宴がスムーズにすむよう、仲睦まじく見えるようにという計算よ。そういう契約だし。そのへん、上手よね。私も見習わなくちゃ」

答えつつ、ふと、思い出してしまった。

綺麗だと言った宗之さんの低く甘く掠れた声だとか、私の手を握る彼の手の温かさだとか……。

慌てて脳内で打ち消していると、梨々香は私の顔を覗き込みニンマリと笑う。

「本当に？」

「本当だって。あとは社交辞令よ。そうじゃなきゃ、わざわざ手を繋いだり、私に綺麗だって言ったりしないわ。そうする理由がないもの」

「ええっ、寒河江さんって絶対にお世辞言わないって有名じゃない」

私は目を瞬く。たしかに宗之さんはそういう人だけれど……。梨々香は笑みを深める。

「やっぱり、自分の妻は別格なのね」

「やめてよ」

眉間にしわを寄せると、コンコンとドアがノックされる。スタッフに案内され入ってきたのは、父の恋人の志津子《しづこ》さんだった。手には紙袋を持っている。

「わあ、素敵。似合ってるね、三花さん」

「志津子さん！」

私はだらけて座っていたソファから立ち上がり、表情を整えて彼女のもとに向かう。

彼女の服装は、上品ではあるけれど、結婚式に参列するようなものではない。……招待できなかったのだ。

「疲れているでしょう、座っていて。……あらやだ、晴れ姿なのにどうして悲しそうなの」

志津子さんは不思議なほど、無表情のはずの私の感情に気がつく。母を亡くしたあと、思春期の私の身体の変化などの不安に寄り添ってくれたのは彼女だった。母親とは違う、特別な人だ。

「だって」

つい幼い口調になった私に、「もう行かなくちゃいけないんだけど」と眉を下げて志津子さんは紙袋を渡す。

「今度、もっとゆっくりお祝いさせてね」

「はい」

「本当におめでとう」

志津子さんは私の肩をそっと撫でて部屋を出ていく。

「志津子さん、披露宴にも参加できなかったのに、寄ってくれたんだわ」

「いい人だよね」

同意する梨々香と再びソファに座りながら呟く。

「……何であんな男と付き合っているのかしら」

なんでも、志津子さんは元々銀座の高級クラブのママだったらしい。現在はエステを経営している。父はクラブ時代の太客だったのだろうが、そんな人ならいくらでも他に伝手があるだろう。

「恋ってそんなものよ。制御できないの」

「理解できないわ！　私、絶対に恋なんてしないもの！」

できない、と言ったほうが正確か。

「分からないじゃない？　あなたにも、王子様が現れるかも」

梨々香の言葉に思わず吹き出す。

「王子様だなんて！　少女趣味すぎるわ」

「ふふ、三花ったら。あなた思いきり少女趣味な人じゃない」

「それはそうだけれど……現実だってちゃんと知ってるわ。物語の外に、王子様はいないの」

「リアリストねえ。少しくらい夢を見なさい」

「無理よ。あんな父と兄を見て育って、男性不信にならないほうが変よ」

呟くと、梨々香は首を傾げた。

「おたくの秘書の吉岡さんは？　かなり信頼しているようだけれど」

「彼は苦労人で、奥様一筋のいい部下よ」

「ああ……つまり、あなたの男性不信はいわゆるセレブ限定ってわけ」

「というよりも、社会的な肩書きを自分自身の価値と勘違いした無様な男限定で、不信」

「なら、あなたの旦那様は違うんじゃない？　実力ある自信家だし、女性関係の噂もない。むしろクリーンだもの」

反論の言葉に詰まる。たしかに、彼はどうやら私を対等に見ているようだった。年下であることや、女であることは、恐らく彼の前では何ら評価の対象になってない。

「ね？」

「……次回までに反論の論拠を探しておくわ」

「はいはい」

梨々香にあしらわれながら、紙袋に入っていた箱を開く。とてもかわいいアンティークの人形用のカップとソーサーのセットだ。小指の爪半分ほどしかない。私は思わずドレスの胸元を握りしめる。

「っあ、か、かわいい……」

「あら。志津子さんたら、完璧にあなたの趣味分かってるじゃない。それにしてもこれ、結構高価なものね」

さきほど梨々香が私を〝少女趣味〟とからかったのはこのためだ。

「百年以上前のアンティークのものよ。これでこの間買った人形とお茶をするわ。とても楽しみ。写真も撮ろう」

「三花のアカウント、人気だものね。相変わらず、周りの人には秘密なの」

「秘密に決まってるわ。私のイメージと違いすぎる……」

私の趣味は、アンティークやヴィンテージの陶器のかわいらしい人形集め。五センチほどの小さなものをたくさん集めている。他にも、アンティークのリボンや茶器、アクセサリーも。

幼少期大好きだった人形やぬいぐるみを小学校入学時に『もう小学生なのだから』と全て捨てられた反動かもしれない。

大学生のころ、短期留学先のロンドンの蚤の市で小さな人形を見かけて、ついつい買ってしまったのが発端で、すっかり嵌まってしまったのだ。もちろん周囲には内緒。知っているのは梨々香と志津子さんだけだ。

「寒河江さん……旦那さんには言っているの？」

「まさか！　秘密よ。絶対に秘密」

「どうして」

「弱みに、侮《あなど》られみくびられる要素になってはいけないわ。兄にバレてさんざん『いい年をして人形遊びか』って嘲笑されたのよ。きっと宗之さんの反応だってそんなものよ」

「そうかしら？」

「きっとそうよ、顔には出さないかもしれないけれど」

何しろ〝極氷〟寒河江宗之だ。

「とにかく、彼の前では完璧な人間でいないと……今のところ、彼は敵ではないにしろ、味方でもないのだから」

「警戒心強いわね」

「当然よ。いつ裏切られるか分からないもの」

「裏切る……、ってつまり、現状、彼を味方だと思っているから出る言葉じゃないの?」

「さっきから揚げ足を取るわね」

「いいじゃない、新婚さんなんてからかいたくなるのよ」

私は閉口した。まったく、私と宗之さんを見て「新婚」と言えるだなんて。


とにかく、敵か味方か分からない伴侶を得て会社を守った私の新生活は、宗之さんが所有していたという一軒家でスタートした。別居にしなかったのは、父に対する「ちゃんと結婚しましたよ」というけん制だ。

それにしても、一軒家だなんて、簡単に言ってはいけないかもしれない。私が生まれ育った家もそこそこ大きかったけれど、この家は気品のある古い屋敷だ。都心までアクセスのよい、旧くからの二階建ての瀟洒《しょうしゃ》な邸宅だった。昔からの家ということもあり、敷地もかなり広い。

なんでも、大正末期に建てられた家屋を耐震工事し、さらに室内をフルリノベーションしたものだそうだ。クラシカルな様式の白を基調とした外観に、内観もそのイメージに合うものにされていた。なにしろ玄関を入ってすぐ、真紅の絨毯とアーチ状になった真っ白な天井に出迎えられる。濃い飴色に磨き込まれた階段の手すりは洋風でありながら、彫られているのは和風の鶴だ。和洋折衷だった当時のもの、そのままらしい。

そういった意匠全てに、アンティーク好きの私が内心どれだけ喜んだか。

まあ、顔にも態度にも出していないし、宗之さんもいちいち「気に入ったか？」なんて聞いてこない。事前の取り決め通り、二階にある浴室付きの洋間をそれぞれの自室とし、食事は各自、掃除や洗濯などはハウスキーパーに任せることにした。

私たちはすぐに日常に戻った。

それぞれの仕事中心の毎日だ。

朝起きて部屋付きのシャワーで目を覚まし、着替えてドレッサーでメイクする。柔和な顔立ちが目立たぬよう、アイラインのほんの少しの跳ねにすら注意を払って。

家の中で宗之さんを見かけることはほとんどない。食洗機にマグカップが入っていたり、ミネラルウォーターのペットボトルが捨てられていたりと、どうやら生活をしている気配自体はあるけれど。

思った以上に気楽なものね、と内心で安堵していた矢先のこと。宗之さんと突然遭遇したのは、出張先のロンドンから帰国した翌日のことだった。

久々の半休を満喫しようと、寝起きにのんびりと階段を下りて目を丸くしかけた。

「あら」

小さく声が出てしまう。オープンスタイルのキッチンに宗之さんが立っていたからだ。

白いシャツにゆったりとした黒いボトムスの彼は朝日に照らされ、まるで映画を観ているかのような感覚になる。

「おはよう」

端正な彼に似合う掠れ気味の低い声にハッとして「おはようございます」と挨拶を返して、ようやく気がつく。

私、部屋着のままだった！　着心地のいい、ふわふわの素材のパステルカラー。私のキャラクターじゃない。しかもすっぴんだし！

あまりにも無防備だったし、なぜか彼に見惚《みと》れてしまっていたし、完全に気が抜けていた。そもそもまさか彼が平日に在宅しているだなんて思っていなかったのだ。

気まずく思いながら階段を戻ろうとした背中へ、宗之さんが声をかける。

「コーヒーを淹れるんだ。飲んでいかないか」

「ああ……じゃあ、着替えてきます。申し訳ありません、部屋着のままで」

社交辞令だろうが、断るのも角が立ちそうで頷く。すると彼は「そのままでいい」と淡々と言う。

「自宅におけるドレスコードなんて決めてなかっただろう？　俺もオフだし、部屋着だ」

「それはそうですが」

オフで部屋着なのに撮影中の俳優みたいに決まっているの？　内心で舌を巻く。恐らく普段からかなり自分を律している人だ。

「君も休みなのか。今日だけ？」

「いえ、午後からは会議があります」

「それなら、出るまでの間少し一緒にコーヒーでもどうだ」

「ええ……」

答えながらふと思い出した。

寒河江宗之は社交辞令なんて言う人間じゃない。ならば本心から私を誘ったってこと？

「そうか」

宗之さんのご予定は？と聞くべきなのか、プライベートに踏み込むべきでないのか分からない。今日だけなのか、なんなら半休なのか、しばらく休みなのか。

しかし宗之さんは気にする素ぶりもないまま、コーヒーミルをくるくると回す。

コーヒーのよい香りが辺り一面にふわりと広がった。

——手で挽《ひ》くんだ。こだわりかな。

私は階段を下り布張りのソファに座りながら、キッチンに立つ彼の姿をぼんやりと眺めた。こうして日が当たると彫りが深めなのがよく分かる。軽く伏せたまつ毛は少し長めだ。

男性らしく、そして綺麗な人だ。

ケトルのお湯が沸く音が、クラシカルな室内で穏やかに響く。

彼は慣れた手つきでドリッパーにフィルターを用意して、湯通ししてから挽いた粉をセットする。お湯が注がれると、さらによい香りが広がる。

思わず集中して彼の姿を見続けた。

結婚式の日、私の手を握った大きな男性らしい手は、想像以上に器用にコーヒーを淹れていく。

マグカップに注がれたコーヒーが目の前のローテーブルに置かれてはじめて、私はどうやら宗之さんに見惚れていたのだと気がついた。

「……あ」

「疲れていそうだな。出張だったんだろう？」

マグカップから視線を上げ、宗之さんをまじまじと見つめた。どうしてそんなこと知って……？

私の視線の意味をすぐに察してか、彼はほとんど表情を変えぬまま口を開く。

「妻の予定くらい把握している」

「そ、うなんですか」

私は宗之さんの予定なんて全く知らないのだけれど……。彼はその辺はどうでもよさそうに、私の横に座ってのんびりとマグカップに口をつける。

どうやら機嫌がいいらしい。

「コーヒー、ありがとうございます。いただきます」

声をかけてから口をつけ、つい「ほう」と息を吐いた。お茶派の私だけれど、このコーヒーは本当に美味しかった。

宗之さんは「どうだ？」なんて聞かない。私は不思議な安心感と一緒に、彼と並んでコーヒーを飲む。

リラックスしてしまっている自分に戸惑う。きっとコーヒーが美味しすぎるせいだろう。そうに決まってる。

あらかた飲み終わったころ、宗之さんはふと私を見てかすかに眉を上げた。

「何です」

宗之さんは不思議そうに私をじいっと見つめてきた。心臓が変な感じで騒めいた。

「なるほど。君は優しい目をしているんだな」

「え」

慌てて「すみません」と目を伏せる。

「メイクをしていなくて」

「自宅のリビングなのにそんな必要はないだろう？　普段の君はとても綺麗で、オフの君はかわいらしいんだなという、単なる俺の感想だ」

「なっ」

さすがに表情を保てなかった。いや、表情は変わらないかもしれないけれど、きっと頬が赤いはずだ。肋骨の奥がキューッとする。

だってかわいいだなんて、はじめて言われた！

「そ、そんなことありません」

「過ぎた謙遜はかえって嫌味だぞ？　実際に君はかわいらしいんだから」

淡々と言われて私はコーヒーを一気に飲み干し、バッと立ち上がった。私を見上げる彼の表情には照れひとつない。リラックスしているためか冷徹とまでは言わないけれど、相変わらずのクールな佇まい。

「わ、私、かわいくなんかないんです……っ」

捨て台詞のようになりながらソファから離れ、慌てて戻ってマグカップを持ってシンクに置く。今日はハウスキーパーが来る日だから任せてしまおう。

宗之さんはじっと観察でもしているかのような視線で私を見ている。ああやだ、どうしてこんなに心臓が痛いの？

その日から、なぜか私は彼の姿を探すようになっていた。彼が帰宅するとソワソワしてしまい、さりげなくリビングに降りて挨拶をしたり、「ついでなので飲みますか？」と紅茶を淹れてみたり。

宗之さんは本当に生真面目な顔で、ほとんど表情を変えることなく「こんな旨い紅茶ははじめてだ」なんてことまでサラリと言ってくる。

社交辞令だと思うのに、そのたびに梨々香の『寒河江さんって絶対にお世辞言わないって有名じゃない』って言葉が浮かんでくる。ああもう、消えてよ雑念！　どうしてこんなに彼の言葉に一喜一憂してしまうの？　私らしくない！

……ところで、この家には離れがある。その離れを、結婚前に宗之さんは改装していた。

小さいけれど、そこそこ立派な剣道場になっているのだ。

もちろん婚前契約書にあったもので、その時は何とも思っていなかった。へえ、剣道が趣味なのね、程度の感想は抱いたけれど。

宗之さんは出勤前や休みの日、暇を見つけてはそこで素振りをするのを日課にしていた。

私はそれをこっそり眺めに行く――いや最初は本当に庭から窓越しにチラッと見る程度だったのだけれど、すぐに宗之さんに見つかって「興味があるなら見ていけばいい」と淡々と誘われてしまった。

宗之さんは姿勢がいい。それは剣道のおかげかもしれない、と何となく思う。

暦の上では秋なのに、まだまだ暑さが続く剣道場で、汗をかきながら彼は無心で竹刀を振るう。私はただそれを見つめている。

心臓が高鳴るのは、きっとまだまだ暑いせい。

青さを深める空の色だけが、秋らしさを増し続けていた。

それにしても、宗之さんはワーカーホリックに違いない。私は、彼は結婚したらすぐに愛人でも囲うと踏んでいた。けれどそんなことはなく、生真面目に日々仕事に励んでいるようだ。色恋じみた噂がひとつもない彼に愛人などできようものなら、瞬時に噂が出回るはずだから、これは確実だ。

だから、いろいろと覚悟していたのに、肩透かしをくらった気分だった。

そんな宗之さんが一週間、ニューヨークに出張に行くという。

それをたまたま本人から聞いた私は、すっかり油断していた。

このお屋敷のリビングの奥には、小さなサンルームがついている。ほぼ当時のまま残されているそうで、ここがまたクラシカルでとても上品。庭のパッションピンクの秋薔薇も格子窓越しに見えてとても映える。そもそもこの木製の格子自体が、くすんだパステル調のエメラルドグリーンでとってもかわいいのだ。

最近はここでコレクター品を眺めたり、ＳＮＳ用に撮影するのがビジネスの合間の日課となりつつある。

「こうやって……と。うん、よし」

サンルームに置かれている猫脚の木製テーブルに、小さな猫の人形をいくつか置く。全て三・五センチほどの陶器製で、百年ほど前にフランスで作られたヴィンテージ品だ。

「今日のテーマは子猫と薔薇、ね」

小さく微笑みながら、自分で淹れたフレーバーティーをお気に入りのカップに注ぐ。カップとソーサーはそれぞれ別の蚤の市で手に入れたバラバラのものだけれど、雰囲気がとても合う。ふたつとも薔薇が意匠なのだ。

サンルームをフレーバーティーの薔薇の香りが満たす。私は数枚写真を撮ったあと、ひとり掛けのソファに座る。丸っこいのが愛らしい、ボタンダウンのオフホワイトの布張りのものだ。座ると、かすかに床板をソファの脚が擦る音がした。

そうして人形と秋の日に照らされる薔薇を眺め、のんびりとお茶を口にしているうちに、どうしてもウトウトしてきてしまう。

「ここ最近、寝ていなかったから……」

言い訳のように呟いた。このところ忙しく、一カ月ぶりの丸一日オフなのだ。普段はきっちり土日は休んでいるのだけれど。そうしないと部下たちに怒られてしまう。

「何だか私の部下たちは過保護な気がするわ。気のせいかしら」

ひとりごちて、ソファの背もたれに身体を預け、目を閉じる。やってくる眠気に抗わず、ゆったりと身を任せた。

そうして、どれくらい時間が経っただろう。

ふと目を覚ますと、辺りはもう夕暮れの色に染まっていた。

やだな、寝すぎた。

そう思って身体を起こし、違和感に目を瞬く。身体にブランケットがかけられていた。

「え？」

「起きたか」

低くて掠れ気味な、最近聞き慣れた声。

バッと視線を巡らせると、なんと向かいのソファに宗之さんが座っていた。現実が理解できずフリーズする私をよそに、膝の上に乗せたノートパソコンをぱたんと閉めた宗之さんは「触ってもいいか」と許可を求めてくる。

「……え？」

「猫」

「猫？　あ、人形……？　どうぞ……」

寝起きで頭が働かないなりに、ようやく現実が理解できていく。

見られた。

人形を並べて一緒にお茶しているの、見られた！　兄の『お前、いい年をしてそれはないよ』と嘲るような呆れた声が耳の奥に蘇る。

きゅっと唇を噛んだ。

宗之さんも呆れているに違いないわ。

それでも平静を装うため、いつも通りの表情で口を開いた。

「出張だったのでは？」

「ああ、早めに終わって。やることもないから帰国した」

淡々と言う彼は丁寧に人形を手に取り、じっと眺めたあとまたテーブルに置いた。

「これはヴィンテージ品か？」

「そうです」

内心で冷や汗をかきながら答える。

「集めているのか」

「ええ」

「ヴィンテージの小物が好き？」

「……というより、アンティークだったり……人の手を経て愛されてきたものが、素敵だなと」

つい素直に答えてしまう。

「そうか」

彼はそれだけ言って立ち上がり、ノートパソコンを抱えてサンルームを出て行った。

私は後悔で胸が押しつぶされそうになっている。

「やっちゃった……」

女子供と軽んじられる真似はよそうと思っていたのに。

かわいらしい陶器人形たちは、円《つぶ》らな瞳を秋の夕日に輝かせていた。

【二章】気になる人

三花に関しては、凛とした美しい女性というのが第一印象だった。どんな話をしている時も、ほとんど表情が動かない。もとからなのか、そう見えるよう努めているのか、それすら読みとらせない清々しいほどに冷たいかんばせ。

『しかし、社長の奥様には、もう少し柔らかでおだやかで、たおやかなのんびりした方がいいと思っているのですが』

などと言ったのは、長年俺を支えている秘書の谷垣《たにがき》だ。俺の幼少期から世話係として仕えてきたからか、やや口うるさい。

七十歳を過ぎた谷垣には『そろそろ隠居してはどうだ』と提案しているが、『何を！　まだまだぼっちゃまをお支えしなくては』と余計に発奮していた。実際阿吽《あうん》の呼吸で仕事をしてくれるため、助かってはいるのだが。

『三花はその通りの女性じゃないか？』

『何を言っておられるんです、社長。真逆ですぞ。気の強いキャリアウーマンで、……ああ、今時は〝バリキャリ〟とでも言うのですかね。あだ名は〝氷の女王〟

ですからね。何しろご実家の関連企業の重役の席を全て蹴って自分で起業するような方です』

『立派なことだろ？　それに俺だって〝極氷〟だのと言われているし』

どうやら俺は冷たく見えるらしい。

経営者としてビジネスマンとしての態度に加え、子供の頃から続けている剣道で『常に冷静であれ』と叩き込まれたせいもあるだろう。ただ師匠が『常にクールに！ただしハートはホットに！』という熱血指導者だったため、比較的自分にもその傾向はある気がする。実際、俺としては俺自身が冷たい人間だとは思っていない。意見をはっきりと伝えているだけだ。

まあ、冷たく見えるのは元の顔立ちと性格もあるかもしれない。世辞を口にしたくないのは自分の心に嘘をつきたくないのと、相手の成長の妨げになるからだ。これも師匠の教えだ。多忙な両親に代わり、情緒面の面倒を見てくれたのは師匠だと思っている。

『それはそうですが』

谷垣が不服そうに言葉を続ける。

『不肖谷垣。ずっと社長をお癒やしする女性を今か今かと待ち望んでおりました。ですのに社長はどれほど素敵な女性でも簡単に袖にして……結局、結婚のお相手はビジネスパートナーも同然の方ではないですか』

『それの何がいけないんだ？　三花は聡明で冷静な人だった。いい伴侶を得られそうで満足しているよ、俺は』

実際、見合いの席で彼女から見えた冷静さと聡明さは〝氷の女王〟の名にふさわしいものだと思った。ただ、気になって触れてみれば、なめらかな肌は温かかった。

三花は不服そうだったけれど、俺は何だか面白い気分になっていた。なにしろ、手に触れた瞬間、彼女から一瞬だけ氷の女王の仮面が剥がれた。驚いた猫のような雰囲気の三花は、とても生き生きして見えた。本来の彼女はこちらなのか。

けれど彼女は氷であろうと努めているようだった。それがどうしてか、とてもいじらしく、かわいく見えた。

……それにしても、俺はなぜ彼女に触れてみたかったのだろう。

自分から他人に触れることなんて、めったにないのに。いや、触れたくなるのなんて、生まれてはじめての経験かもしれなかった。

見合いから少し経った、とある梅雨の日。その日は、俺が社外取締役をしている不動産関連会社の会議に出席していた。この会社は父方の叔父が経営している関係で、俺は学生時代から経営にかかわっていた。そのため、今俺の前で脂汗を垂らす取引先、大手建設会社の専務とは十年以上の付き合いになる。個人的にも数度、食事などに誘われたことがあった。

「専務。なぜこのような背任行為を？」

「は、背任というほどのことでは」

専務は目線を泳がせながら必死で俺に言いつくろう。

「ほんの少し、数字に色を付けたのは事実です。ですが、これくらいのこと、付き合いの長い寒河江さんなら理解していただけると……」

「そうですか。ではこの話はなかったことに」

「へ」

専務が目を丸くして、会議室はざわめきに包まれる。周囲を見れば、ざわめきは波が引くように収まった。収まらなかったのは専務だけだ。

「一体どういう……寒河江さんとはもう十五年ほど一緒にさせていただいて……」

「だから？」

「え」

俺は会議机の上で手を組み目を細めた。本気で分からなかった。

「付き合いが長いから何なのです？　付き合いが長いと、不義を見逃すとでもおっしゃりたいのですか」

「え、ええと。それは」

しどろもどろな専務を見て軽く眉を上げると、幹部たちから「やりすぎでは」といさめる声が飛ぶ。

俺は周囲を見ながら立ち上がる。

「私の社外取締役としてのここでの主な仕事は、不適切な経営判断をしないよう監督することです。今まさに、みなさんはなあなあで本来あるはずの利益を損ねるところだった。違いますか」

「それは……」

「早急に他社との交渉を始めるべきです」

低く言い放つと、しぶしぶといった様子でみなが同意する。専務はがくりとうなだれていた。俺は不思議だった。なぜそんなにへこむ必要が？　これくらいのリスクも計算せずして不正したのか？　全く理解できない。

「宗之、婚約者とはどうなんだ？」

会議後叔父である義之《よしゆき》さんに言われ首を傾げた。叔父といっても十五歳違いで、年の離れた兄のように慕っていた。できる人だが、人情派で通っており、俺とはビジネスのスタンスがずいぶん違う。さっきの専務のことだって、ぎりぎりまで様子見していたようだ。もっとも、いつでも切れるようにはしていただろう。果たしてそれを人情派と言っていいものか判断に迷うものの、とにかくその叔父に話があると執務室に連れ込まれ、開口一番に三花とのことを聞かれたのだった。

「どう、とは？」

「仲良くやっているのかって聞いているんだよ。お前は本当に朴念仁《ぼくねんじん》だからな」

応接セットのソファに座り、コーヒーを口にしながら苦笑する。

「朴念仁ですか、はじめて言われました。婚約者とは順調です」

「へえ！」

義之さんはカップをソーサーに置き、興味津々に俺の顔を覗き込む。

「デートとかしているのか。想像できないなあ、お前が女性とデート」

「デートはしていません」

「……は？」

義之さんは整った顔で渋面を作る。

「デートしていないって、どうして。忙しすぎるのか？　女性とデートする時間くらい作れよ、一流の男なら」

彼の言う〝一流の男〟が何なのかは知らないが、義之さんは実際多忙の合間を縫って様々な女性と浮名を流していた。そのせいか、まだ独身だ。

「会う必要がないので」

「あるだろ……結婚するんだから」

「結婚のための話し合いは完了しています。細かな部分については秘書を通して調整しているので、問題はありません」

そう淡々と説明すると、義之さんはあんぐりと口を開いた。

「ありありだろ！　極氷だの何だの言われているの、小さいころからお前を知っているオレとしては大袈裟だと思っていたけれど、そんなことはなかったな、この永久《えいきゅう》凍土《とうど》」

義之さんは失礼なのか、失礼じゃないのかよく分からないことを言って、俺を指さした。

「北里三花さんだったか。綺麗で有名な女性じゃないか。あんな人と婚約して、浮かれないお前は変だ」

　断言されてしまった。俺は黙ってコーヒーを口にする。

「浮かれるような男を、彼女が好むとは思えません」

　三花の冷えた美しい湖のような瞳を思い出す。朝日に輝く薄氷のような、どこか儚い美しさが彼女にはある。

「ふうん。じゃあかっこつけてるってわけ」

「つけてません」

「全く、理解できないぜ」

　そう言って義之さんはソファの背に身体を預けた。

「いつまでもフラフラしている義之さんに言われたくはないのですが」

「ん、オレだってそろそろとは思っているんだ。近いうちに紹介する」

「そうですか、父も気にかけていました。何よりです」

「……というか、びっくりするかもしれないな」

「どういう意味です」

「まあ、お楽しみってこった」

　義之さんはそう言って立ち上がり「お前も幸せになれよ！」と快活な笑顔で俺の肩

をバシバシと叩いた。そうされると、ついつい幼少期のように笑ってしまう。

そしてやってきた結婚式。三花の冷涼で氷のように整えられた表情に垣間見えた緊張と不安に、不思議なほど庇護欲をかりたてられ、守ってやりたいと思った。

披露宴の会場に入場する直前、一瞬、ほんの一瞬。三花の美しい氷のようなかんばせに緊張が浮かんだ。緊張というか、泣き出す寸前の、迷子の子どものようにも思えた。ひとり、薄氷を踏んでいるかのようなそんな表情に、気が付けば彼女の手を握っていた。彼女の指先はひどく冷たい。温めてやりたいと思う。

「根拠のない俗説だが、手が冷たい人間は心が温かいらしい」

ふと思い出して言ってみれば、三花は目を丸くした。

時折見える彼女の素の表情が、どうしてだろう、気になって仕方ない。

いざ一緒に暮らしはじめてみると、冷たく美しい仮面の合間から、かわいさが見え隠れしていた。化粧をしていないとあどけない双眸《そうぼう》、コーヒーを飲む時のほっとした眉間の緩み。

——そして。

「……寝ているのか？」

ニューヨーク出張、仕事が早めに終わったため予定を前倒しして帰宅したその日。リビングに行くとサンルームに人の気配がした。三花がいるのだろうと顔を出したそこで、彼女はあどけない表情で静かに寝息を立てていた。

テーブルの上にあるのは、空になったカップと、いくつかの小さな陶器人形。大切そうに、まるで一緒にティータイムを過ごしている友人かのように飾られていた。

「猫？」

触ってみたくなったが、割れ物だし大切なものだろうと我慢する。

俺はテーブルをはさんだ向かいのソファに座り、穏やかに夢を見ている三花を見つめる。

「こんな顔で眠るんだな」

普段より幼く思える穏やかな寝顔には、普段の冷たい印象はかけらもなかった。

起こしたくないなと思う。

このまま彼女を見ていたいな、と柔らかな秋の日差しが注ぐサンルームの中で考えた。肋骨の奥が、優しく蕩《とろ》けるような、そんな感覚。

もっと彼女のいろんな表情が見てみたい。はしゃいで笑う三花はどんなふうなのだろう。その氷の仮面の向こうに、君は何を隠しているんだ？

とても興味が湧いてしまった。


そのせいもあってか、翌週、谷垣とともに訪れたイスタンブールで蚤の市を発見した時、すぐに車を止めさせた。車を降り、人混みの中に足を踏み入れる。

騒つくアジアとヨーロッパ、アラビアの雰囲気が混じり合う独特の空気の中、俺は視線を巡らせた。

あの人が好きそうなものはあるだろうか。

「社長、待ってくださ……アンティークバザール？　何をするのです」

谷垣とすれ違いざまに彼の財布をすろうとしてきた男の手を捻り上げれば、男は眉を下げて謝罪を口にする。おおごとにはしたくないので手を離し、再び歩き出す。

「も、申し訳ありません社長」

「いや、こんなところで無防備にスーツで歩いている俺たちが悪い。しかし、しつこいな」

もうひとりを軽く睨みつければ、彼は大袈裟なほど顔色を変え表情を強張らせ、足早に歩き去る。その背中を見てつい苦笑する。

「うん、海外という感じがしていいな」

乾いた熱射を感じながら言うと、谷垣はがくりと肩を落とした。

「わたくしめにはこういったスリルは骨身に応えます……で、ところで何を」

砂埃と人波、商人たちがくゆらせる煙草の煙をかき分けながら進む。

「妻への土産を探しているんだ」

「妻？　おく……さま、三花様？」

「他に誰がいるんだ」

「いえ、驚いただけです。社長が誰かに土産物を買うという事態に」

その言葉に苦笑した。

「今までもあっただろう、剣道場の仲間なんかに」

「ですから、個人へのこんなお土産というのがはじめてなのですよ」

俺は小さな露店の前で足を止め、商品を眺めながら聞き返す。

「そうか？」

「そうですよ」

「まあ、妻だからな」

一生をともにする伴侶だ。他の表情を見てみたいと思うのも自然なことだろう、きっと。

現地の言葉で店主に話しかけ、小さな猫の置物を手に取る。三花がテーブルに大切そうに並べていたのと同じくらいの大きさだ。

トルコブルーで、アラビア風の紋様が胴体に描いてある。ヴィンテージだと一目で分かる掠れ具合だった。

たくさんの人に愛されてきた品、か。

交渉してその人形と、ヨーロッパ風のアンティークリボンを買い取った。合計で、日本円で一万円もしなかった。それでも相当ふっかけられているだろうが、俺は宝物でも携えた気分になる。

帰国してすぐさま家に向かう。普段は会社に戻るのだけれど、どうしても早く土産を渡したかった。今日は休みのはずだ。

またサンルームでくつろいでいるのだろうか。

喜ぶだろうか？　笑うのだろうか。想像すると、肋骨の奥がふんわりと柔らかく、そして温かい。不思議な気分だ。

運転手が静かにハンドルを握る車の後部座席で、横に座る谷垣はさんざんに「宝石でなくてよかったのか」などと聞いてきていた。

「宝石なんか、彼女なら自分で買うだろう」

「それはそうですが。蚤の市で手に入れた猫の人形なんかで宜しいのですかと聞いているんです。あのあとパリにも行ったのですから、鞄でもアクセサリーでもいくらでも見繕えたでしょう」

「いいんだ。かわいいだろう、これは……ペルシャ猫だろうか。妻にそっくりだ」

気品高く、清潔な冷涼さの合間にかわいらしさが見え隠れしている。つい頬が緩むと、視線を感じる。

「どうした？　谷垣」

「いいえ。案外とうまくやられているようで安心したのです。この様子ならお子様もじきに……」

「ああ、それはない。妻が子供は欲しくないそうだ」

「……は？」

「そういう契約だ」

「ちょ、ちょっとお待ちください宗之様っ」

ちょうど家の前に車が着く。わあわあ騒ぐ谷垣に肩をすくめてみせ、運転手がドアを開きに来る前にさっさと車を降りた。

「宗之様っ、お世継ぎ、お世継ぎはあっ」

「時代錯誤な。送ってやってくれ」

後半は運転手に告げ、俺はさっさと家に入る。自宅はレトロな外観だが、電子キーだ。

静かに家に入り、リビングに向かう。

思った通り、三花はサンルームにいた。ぼんやりとティーカップを口にしている。

立ち止まり、黙って妻を眺めた。綺麗な人だと改めて思う。佇まいが美しい。あれは外見ではなく、内面に起因するものだなと考えた。そうでなくては、あの新雪のような凛とした気高さは醸し出せない。

「ただいま」

「きゃあっ」

三花はカップを取り落としそうになるほど驚いた。俺は目を瞬き、三花を見つめる。

驚くと、あんなに目を丸くするんだな。

長いまつ毛に縁取られた、綺麗で大きな瞳に俺が映っている。それに不思議なほどの充足感を覚えた。

「……もう少し存在感を出してください」

あっという間に整っていく表情。いや、取り繕われていく、というほうが正確か。氷の仮面は彼女の表情を凍り付かせる。

俺はそれが少し不服だ。

「すまない。普通にしていたつもりだったんだが」

「チャイムくらいは鳴らしていただいてもよいのではと」

三花は上品に、澄まし顔で紅茶を口にする。

「分かった。ところで、今日はないんだな」

「何がですか」

「人形」

小さく三花が息を呑んだのがわかった。俺は向かいのソファに座り彼女を観察する。緊張しているのが、冷たく整えられた表情の隙間に感じられる。

「かわいい人形なんだから、リビングにだって飾ればいい」

「……え？」

「蒐集《しゅうしゅう》しているんじゃないのか？　飾り棚が必要なら業者を手配しよう。ああ、出窓に並べてもかわいらしいかもしれないな」

苦しくなる。

「その。そうでは、なくて」

三花は言いにくそうに、かすかに苦しそうな表情を一瞬覗かせる。なぜだか俺まで

「宗之さんは……呆れないのですか」

「呆れる？　何に？」

「いい歳をして、人形を集めて、あんなふうに……その」

「一緒にティータイム？」

三花の頬がみるみる赤くなる。俺は首を傾げた。

「それのどこがいけないんだ？　どこにでも持ち歩いてあんなふうにするのは、もしかしたら少し変わった趣向かもしれないが……まあ時と場所にもよるんじゃないか。構わないなら好きにしたらいい。だいたい、君の場合は自宅のサンルームだし。それに好きなものを眺めているのはきっと癒やされることなんだろ？」

俺にはよく分からないが――と、ふと、先日三花をずっと眺めていたかった時の感情を思い出してしまう。心臓のあたりがほのかに温かく、蕩けるような……もしかして、ああいうのを〝幸福〟というのだろうか。

寝ている妻を見て幸福を感じるだなんて。人並みのことをしている自分に驚き、

「ふ」と笑う。
「何ですか」
「失礼。自分が思ったより一般的な感情を持っていたのが面白くて」
三花はかすかに頬を動かしたが、それ以上表情は動かなかった。ただ軽く目を伏せ
「そうですか」と小さく口を動かし、続ける。
「……兄が」
「北里社長？」
「ええ。兄に知られた時、さんざん笑われてしまって。その時もう二十歳を過ぎてい
たせいもあるんですが、それで……」
言ってしまった、という感情が、氷の仮面の隙間から覗く。少しずつ、そんな瞬間
が増えている。
ところで、三花が濁した言葉の続きはきっとこうだ。『あなたにも呆れられ笑われ
ると思った』とか、そんなところだろう。
北里社長についてはあまりいい噂を聞かない。妹に対してもそうなのか。かすかな
苛つきを彼に覚え、小さく息を吐いてから手にしていた紙袋をテーブルに置く。
「土産だ」

「お土産……？」

三花は訝しむように眉をかすかに寄せ、それから紙袋を手に取る。割れないよう店主に頼み、かなり丁寧に包装してもらっていたせいか、少し手間取ってからようやく、三花の白く小さな手のひらにトルコブルーの猫が乗る。

「あ」

「たまたま見かけたんだ。もらってやってくれ」

言いながら、かすかに胸がざわつく。こんな感情を抱くのは珍しくて一瞬戸惑い、それからこれが不安なのだと気が付いた。三花が喜ぶか、緊張しているのだ。

そんな俺の目の前で、三花の頬が緩む。雪の中で開く花のように、透明感のある、綺麗な微笑みが彼女のかんばせに浮かんだ。

瞬間、線香花火が目の前で散っているかのような感覚に陥る。世界中で三花がいちばん輝いていると、そう思った。

「かわいい」

いつもよりかすかに柔らかい三花の声。それがひどく甘いものに思えて。

ぴくっと手が動いて、慌てて力を抜く。よく分からないが、反射的に彼女を抱きしめたくなっていた。

【三章】夫の愛する人

「土産だ」

「ありがとうございます」

この会話にもすっかり慣れてきた、十月の終わりの土曜日。はじめて宗之さんにトルコブルーの猫をもらってから、ひと月ほど経っていた。彼からの土産と称したプレゼントは、これで五つ目。

「……これ、どちらで？」

今回彼が私に持ち帰ってきたのは、白いティーカップとソーサーのセット。カップの内側がコバルトブルーと金で美しく彩色されている、恐らく百年ほど前のアンティーク品だ。今までもらったお土産の中で、一番の高値のはず。これはまず、蚤の市では売ってない。

「ロンドンのギャラリー」

淡々と答え、宗之さんは踵を返しリビングを出ていった。

「ギャラリーって、まさかオークション……？」

一体いくらしたのだろう？　寒河江宗之にとっては痛くも痒くもない出費ではあるとは思うけれど。

私はサンルームに向かい、猫脚のテーブルにカップを置いてからゆったりとソファに座った。カップをじっと眺める。深まっている秋の陽で、繊細な造りの取手がきらりと輝いた。

「どうして宗之さんはこんなことするのかしら」

ぽつりと呟く。彼が私にお土産を買ってくるメリットは？　何もないと思う。立場的には、私は彼の機嫌を取るべきなくらいなのだから。まあ、ご機嫌取りなんかするつもり、一切ないけれど。

「私に好感を抱いている？　まさかね」

言ってみてあまりのありえなさに笑う。何かしらの感情があるのならば、もう少し柔和な態度になるだろう。でもそういったものは全くない。向けられるのは、相変わらずの理知的な視線だった。行動との整合性がないように感じて戸惑う。

「でも……梨々香には謝らないとね」

カップを指先で撫でながらひとりごちた。たしかに彼女の言う通り、寒河江宗之は私の父や兄とは違った。まだ完璧に信用するなんて無理だし、きっと彼に恋なんてものもしないだろうけれど、それでもとにかく違った。

彼は私をひとりの人間として尊重してくれている。

「そこは認めなきゃ……」

「何を認めるんだ？」

「きゃあっ」

無意識な独り言を聞かれていただけでなく、性懲りもなく、私は宗之さんにびっくりしてしまう。剣道をしていることと関係あるのかないのか知らないけれど、彼は大柄な体躯をしている割に足音が静かなのだ。

「全然気が付きませんでした。だからもう少し音を立ててください」

「すまない」

全く済まなさそうにしていない。

こんな会話にも慣れてきていて、どうしてか心臓のあたりがくすぐったい。

「コーヒーを淹れようと思うんだが、君もどうだ？　それとも紅茶にするか」

このカップをさっそく使うのか、と尋ねられたのだとわかる。私は頬が緩みそうになるのに気を付けつつ「紅茶にします」と答えた。

「なら今日は俺が淹れよう」

「お疲れですよね。私が」

「いや」

そう言って彼は「失礼」と私のティーカップを持ってさっさと室内に入る。

ぼうっと秋薔薇を見た。まだ咲いている、パッションピンクの秋薔薇……。

ガーデナーが綺麗に整えてくれている庭園は、最初もう少し和風だったと思う。植栽が少しずつ英国風に植え替えられているようだ。

と、そこで気が付いた。

もしかして、宗之さん、私の趣味に合わせて変更させている？

目を瞬いた。つい口元を押さえて、いつ私がそんな話をしたかしらと考える。

でもあまりにも趣味にピッタリすぎて、それ以外考えられない。

「嘘でしょう」

サンルームに私の声が響いた。どきどきしているのが分かる。

小さく深呼吸をした。このままじゃ「ありがとうございます」とゆるゆるの笑顔を彼に向けてしまいそう。

「そんなの、みっともないわ。はしたない。だめよ……」

母の声が蘇る。感情を表に出すのは、よくないことだ。常に冷静でいなさいと母は……『あなたは北里の娘なのだから』と。

ふー……と深く息を吐き出した。そう、落ち着こう。

「待たせた」

そのタイミングで宗之さんが木製のトレーを持って戻ってくる。トレーの上には、さっきのティーカップが二組。

「え？」

表情を出さないと決めたばかりなのに、わずかではあるけれど目を丸くしかけた。

ふたつ？

「夫婦なんだから、ひとつくらい揃いのものを持っていてもいいだろう？」

「あ……は、い」

宗之さんが私の前にカップを置く。私は蜜がたっぷりのフルーツのような香りに表情がほどけてしまうのを自覚する。

「いただきます」

視線を向けると、宗之さんは私をじっと見つめながらかすかに頷いた。

「美味しいです」

「そうか」

「……ありがとうございます。その、いろいろ」

「俺は好きにやっているだけだ」

不思議そうに宗之さんは言う。

私は紅茶を飲むふりをしながら、胸が何かキラキラしたものでいっぱいになっているのを感じていた。

この人と過ごすのは、不思議なくらい心地がいい。そして、ひとりの人間としてとても大切にされているという実感がある。それがこんなに嬉しいことだなんて……。

「飾ったんだな」

唐突に言われ彼の顔を見る。宗之さんは視線をリビングに向け「猫」と端的に言った。

「飾ってもいいとおっしゃったので」

かわいげのかけらもない返事をする。

先日宗之さんにもらった猫の陶器人形を、私のものと合わせてリビングの飾り棚に置いてみたのだ。アンティークな雰囲気が家の調度品ともよく合って、ものすごく満足だった。素直にお礼を言えばいいところだと思うけれど、うまく言えない。

「気に入ってくれてよかった」

宗之さんはかすかに目を細める。小鳥でも肋骨の奥にいるのかしらと思うほど、くすぐったくて仕方ない。

「ところで明日は休みだな？」

上品にカップに口をつけながら宗之さんは言った。

「え？　はい」

「連れて行きたいところがあるんだ」

首を傾げる私に、宗之さんはかすかに、本当にかすかに微笑んだ。


翌日、宗之さんが連れてきてくれたのは、都内にある小さなアンティークショップだった。

「わあ……！」

思わず店内を見回し、感嘆の声をあげてしまう。こんな私の姿を母が見たら目を剥いて怒ったはずだ。けれど我慢できなかった。まるで魔法の世界のようにかわいらしい店だったから。

オレンジ系の間接照明で照らされた店内には、所せましとアンティークの小物が並べられている。天井近い壁には振り子が揺れる柱時計がズラリと。色とりどりのランプシェードが空間をきらめかせ、店内を幻想めかせていた。

「こんなお店があるの、知りませんでした」

「紹介制らしい」

さらりと言われてドキッとした。つまり私をここに連れてくるために、紹介先をわざわざ探してくれたの？

「紅茶、置いておきますので。どうぞごゆっくり」

店主らしい男性はそう言って、店の真ん中にあるテーブルにチャイグラスを置く。香辛料の香りが店内を満たした。

「美味しそう。ありがとうございます」

「あちらにグラス類もありますので、よければご覧になってください」

店主は微笑み、店の奥にある椅子にゆったりと腰かける。

私は並べられたアンティーク小物やヴィンテージ小物を隅々まで眺めながらチャイを口にした。

「美味しい」

ほう、と息を吐きながらこれもうちで扱えないかと考える。使われている茶葉はニルギリだ。香辛料もセットにして……と、宗之さんの視線に顔を上げた。

「何ですか」

こういうの、多い気がする。じっと見つめられること……。

「いや、本当にお茶が好きなんだな」

「そうですね。趣味を仕事にしてしまいました」

「それで起業してじきに上場までするのだからすごいと思う。素直に敬服するよ」

私はめちゃくちゃに目を丸くしていたと思う。

だって、あの寒河江宗之が？　敬服ですって？

「宗之さんは私以上に実績があるかと」

「俺はゼロから始めた経験はない。君はすごい」

宗之さんはとても上品にチャイを口にした。私はかなり戸惑って、落ち着きなく椅子を立ち小物を眺めているふりをした。

起業したことをずっと女子供の児戯だと侮られていた。私の努力も、部下たちの奮闘も、私の家族からすればただのお遊びで……。

なのに、認められた。あの〝極氷〟寒河江宗之が私を認めた。

心臓がぎゅうっと絞られたみたいに切なくて、嬉しい。

「そんなことないですよ」

そう言った私の横に彼は立ち、私の髪を撫でた。まるで猫でもかわいがるみたいに、そっと、慈《いつく》しみぶかく。

「前にも言ったが謙遜は美徳ではない」

行動と裏腹、落ち着いた声で淡々と言う宗之さんの顔が、うまく見られない。


秋が深まり、銀杏《いちょう》や紅葉がすっかり色づいたころ、私は梨々香と食事をすることにした。都内にある隠れ家系レストランのランチだ。今日は創作フレンチ。

彼女とは時々こうやって会って、お互いのことを報告する会を開催しているのだ。

いやまあ、単に美味しいものを食べたいだけなのだけれど。

「あー、ほんっと美味しい、この柚子窯蒸し」

梨々香が頬に手を当てつつ、くりぬいた柚子に詰まった海鮮に舌鼓を打つ。和食風でありながら、ソースや全体の風味はきちんとフレンチだった。

「分かる、柚子の香りが絶妙」

美味しいご飯を食べていると、ついつい頬が緩む。梨々香はそんな私を見て上品に微笑みながら口を開いた。

「ところでこれから連れて行ってくれるのって、寒河江さんが紹介してくれたアンティークのお店なのよね？」

「そうなの。かわいい小物がいっぱいで。これもそうなんだけど」

私はヴィンテージガラスビーズのビジューが輝く指輪を見せた。

「あら、十九世紀ロンドンなデザイン」

「そうなの。ヴィクトリアスタイルでしょ。ひとめで気に入って」

リング自体はイエローゴールド。透かし彫りが施されていたりと、クラシックで上品なデザインだ。

指輪とお店のすばらしさに気持ちが入ってしまう私を、梨々香はニヤニヤと見た。

「なあに？」

「それ、寒河江さんに買ってもらったの？」

「え、ええ。まあね」

私はすいっと目を逸らす。梨々香はくすくすと笑った。

「それもあってお気に入りってわけ？」

「ち、違うわよ。『俺が紹介した店なんだから、俺が出すんだ』って言い張られて、仕方なくよ、しかたなくっ」

指輪だけでなく、少し気になって目を留めただけのものも、たくさん購入されててしまった。

「はいはい」

「だから、その顔をやめて……っ」

そのあともニヤニヤしてくる梨々香をかわしながらなんとか食べ終わり、彼女の車で例のアンティークショップに向かう。梨々香の車は真っ赤なスポーツカーだ。

「あーあ、いーわねー、新婚さん。話を聞いているだけで楽しいもの」

「新婚らしいことは何もしてないわ」

窓の外、街路樹の銀杏は鮮やかな黄色に染まっている。

「あら。それにしてはしょっちゅうデートもしているみたいだし」

「で、デートなんか」

「この間はアフタヌーンティーの老舗にも連れて行ってもらったんでしょう？　あそこ予約何カ月待ちだと思っているの」

「そ、それは……」

宗之さんが私のために手を尽くしてくれているのは、事実だ。

「それにちゃあんと結婚指輪だってしているじゃない？」

私は自分の左手を見た。アンティークの指輪と重ね付けした結婚指輪は、晩秋の日差しにきらっと輝いて見えた。

私は目を窓の外に逸らし、口籠もりながら言い返す。

「こ、これは……単に、ちゃんと婚姻状態を続けていますという父へのアピールで」

「今日お父さんに会う予定？」

「ないけど」

ふふん、と満足げに梨々香は目を細める。私は何だか恥ずかしくてたまらない。

寒河江宗之と結婚してから、私の情緒は何だか変だ。

氷の女王でいなくちゃいけないのに……。

「三花、いつだっけ。あなたがバレエの主役、降ろされたの」

「どうしたの唐突に？　小学三年生だったかしら」

「あの時からよ。あなたが人前で感情を押さえようとし始めたのは」

私は肩をすくめる。さすが幼なじみ、何でも知っている。

「そうだったかもね」

当時習っていたクラシックバレエ。私はコンクールで賞を取り、とあるプロのバレエ団の公演に抜擢された。演目は『雪の女王』。主演は雪の女王なのだけれど、ストーリー上の主役は少女だ。私は喜び、はしゃいで両親に報告した。

もちろん、いつも冷静にお上品にいなさいと常々教育されていた。けれど嬉しすぎて嬉しすぎて感情があふれ出してしまったのだ。認められた、任せてもらえた、私ならと言ってもらえた！　そんな歓喜が、きっと両親も笑ってくれるという希望的観測に変わってしまっていた。

そうして返ってきたのは呆れ返ったため息だった。

『何ですか、それくらいではしゃいで、みっともない』

母はひどく苛ついていた。その日のうちに教室に連絡を入れ、出演を辞退させられた。

何で、と泣く私に母は言った。

『そんなふうに感情を露にする状態で出演してみなさい。北里の恥になります』

与えられたのはそのひと言だけだった。『頑張ったわね』でも『すごいじゃない』でもなく、『北里の恥』。泣き崩れた私に兄は呆れ返った視線を投げかけ『ばっかじゃん』と冷めた声で言った。

その上、泣きはらした顔でレッスンに行った私をみなが腫物に触るように扱った。多感な時期に入りかけていた私にはそれがとても恥ずかしかったし、みじめだった。

「それまではさー、三花は落ち着いてるけど普通の女の子だったのよ」

「そうかしら」

答えながら、芋づる式に思い出す。別に通っていた華道の教室で、男の子にからかわれ怒ったところ、先生に『北里のお嬢様がそんなふうに。お兄様はいつも上品なのでしたよ』と呆れられたこと。悔しくて黙り込む私を鼻で笑ったこと。

それを見た兄があざ笑い、両親に告げ口したこと。母は私を見下ろし『恥ずかしい子』と吐き捨てた。

『これ以上北里の家に恥を重ねないでちょうだい、三花』

感情を出してもいいことは何もないと、幼い私は学習したのだ。

「……そうだったかもしれないわね」

「そうよ。それ以来あなた、わたし以外の人の前で笑ってなかったの。作り笑いは別としてね」

それは自覚していた。

幼なじみの梨々香だけは、そばにいてくれたから。

「でも気が付いてる？　あなた、寒河江さんの話をするとき、ほんのちょっとだけど口の端が緩むの」

「う、嘘よ」

「本当よ～」

絶対に嘘。

そう言って私は梨々香を軽く睨んだのに――。

「え？　ああ、はい。仲睦まじいご夫婦だなと拝見しておりましたが……？」

それが何か、とアンティークショップの店主は小首を傾げる。梨々香が『先日、この子がご主人と来店した時、どんな様子でしたか』なんて聞いてしまったのだ。

「ほらね、三花。うまくやっているどころか、ラブラブじゃないの」

「そ、そんなこと」

動揺する私に、店主が追い打ちをかける。

「ご主人様も、奥様を大切に慈しまれているのがこちらにも伝わってきていましたよ。奥様が店内を見て回られるのを、大変愛おしそうに見てらっしゃって」

「ほらー。いいわねえ、新婚さん」

私は必死に表情を取り繕おうとしているけれど、首から上が熱い。本当に熱い。

「あ、の。暖房が……」

「こーら、暖房のせいにしない」

梨々香に頬をむにむにとつつかれるのを見て、店主が「ははは」と笑って続けた。

「そもそもうちは紹介制の店で、よっぽどの好事家《こうずか》にしか知られておりません。ご主人様、奥様を喜ばせたい一心で、本当に様々な伝手を使われたのじゃないかと推察いたします」

私は言葉を失い、商品棚の上で視線をうろつかせた。やっぱり宗之さん、私のために探してくれていたんだ……。理由は分からないけど。本当にちっともわからないのだけれど！

「あらあら。三花ったら、〝氷の女王〟が形なしよ。顔、真っ赤」

「も、もう。からかわないで……！」

肋骨の奥で心臓が暴れている。店主は笑いながらまた宗之さんと来た時と同じようにテーブルにチャイグラスを置くと、「ごゆっくり」と店の奥の椅子に腰かける。

静かな店内に、私の咳払いの音が響いた。悔しいけれど照れ隠しだ。

「で、どうなの。論拠は見つかったの」

「論拠？」

「寒河江さんもお父様やお兄様と同じだと断言していたじゃない？」

「それは……そうね」

私は肩を落とし、アンティークのブローチを手に取った。

「撤回するわ。彼は父や兄とは違う」
「ふふ、やっぱり。幸せそうだもの、三花」
梨々香はそう言って、反対側の棚を覗く。そうして「あら、雪の女王」とつぶやい
た。
私も彼女の横に立つ。ガラスケースの中で暖かな間接照明に照らされ、美しく輝く
雪の女王。私が宗之さんと住む新居に引っ越した今もドレッサーに飾っているものと
よく似ている。
けれど、彼女はここではひとりではなかった。雪の女王である彼女の横には、少女
と少年の人形も飾られている。ラストは無邪気で温かな少女によって愛する少年を奪
われ、また氷のお城でひとりになる女王。
「――彼女には王子様は現れてくれなかったわ」
呟くと、どうしてか、その言葉が氷柱みたいに胸に刺さった。
「まあね。でもね、三花。雪の女王にだって、きっと王子様が現れたわ」
「まさか」
「分からないじゃない？　物語のその後なんて、誰にも分からないんだから。アンデ
ルセンなんて、とっくの昔に亡くなっているんだし」

「それはそうだけれど」

雪の女王ももし誰か素敵な人と出会っていたのだとしたら。

「あなたが知らないだけで、物語の外にも王子様はいるのよ。あなたにも、もちろん」

そう言って梨々香はいたずらっぽく笑う。結婚式の時に私が言った『物語の外に王子様はいない』という言葉に対する返答のように思えた。

「王子様……だなんて、いない、わ……」

目を瞠り歯切れ悪く呟く私の脳内にどうしてか思い浮かんだのは、宗之さんだった。サンルームで私に紅茶を淹れてくれる、私を大切にしてくれている、伴侶。

何て少女趣味！

慌てて脳内の宗之さんをかき消すも、顔にでていたらしい。梨々香はにんまりと笑う。

「梨々香、本当にやめて」

「嫌よ。面白いんだから」

「もう……」

「でも本当に何とも思っていないの？　無関心なの？」

「そ、それは。そんなことはないけれど……」

私はガラスケースを開き、人形を手に取った。五センチほどで、家のものより少し大きい。ひんやりとした陶器の感触がやけに心地よかった。

「寒河江さんといる時、三花はどんなふうな感情をいだいてるの？」

梨々香は興味津々な顔で私を覗き込む。

「感情……って」

「温かい？　冷たい？　いらつき？」

私はかすかに胸の奥がむずがゆくなる。こんな会話、生まれて初めてなのだもの。

「心臓のあたりが、何ていうか、こう、ぎゅっとなるわ」

「それから？」

「温かくて」

人形をケースに戻し、小さく息を吐く。

「うん」

「少し苦しくて」

「うんうん」

梨々香は目をキラキラさせている。私がこんなふうに迷ったりするのは珍しいから、面白いのだろうか。私は梨々香の態度にも戸惑いつつ、言葉を続けた。

「その、理由は全く分からないのだけれど、目で追ってしまう時がある……ねえ、梨々香。私、自分の感情が分からないの」

私はため息をついた。

「こんなに言語化できない状況ははじめてよ」

ふ、と梨々香は吹き出して私の手を取る。

「しょうがないわね。世間知らずのお姫様に教えてあげる」

梨々香はまっすぐに私を見て、ゆっくりと微笑みを作り、口を開く。

「それはね、恋よ」

一瞬言葉が理解できなかった。

恋？

「恋？　まさか！」

そう答えつつも、胸の奥がドキドキとさざめいているのが分かる。

まるで全力疾走したあとかのような気分だ。

「絶対にそう。ああ、楽しいわ。三花と恋バナできるなんて！」

「こ、恋じゃないってば」

そう、恋じゃない。

絶対に恋なんかじゃない。

恋なんて、感情が漏れ出してしまう原因になっちゃう。

私が感情を顕わにしたところで、いいことは何もない。みっともなく、恥ずかしいことだとあざ笑われる。北里の娘にふさわしくないと……。

しかし、何はともあれ、宗之さんが私のためにあのアンティークショップを探してくれたのは本当のことだ。

「何か宗之さんにお礼をしなくちゃね……」

梨々香とアンティークショップへ行ったことで、改めてそんなふうに思った。

それにしたって、男性の喜ぶものなんか全く分からない。自分で調べたり恥ずかしく思いながらも梨々香に相談したりしつつ、腕時計にしようと何とか決めた。

これは喜んでもらいたいとか、お礼の気持ちとか、そんなんじゃなくて、私が彼に恩を売られた状態なのが嫌なだけだ。それだけなのだ、他に意味なんてないのだから。

誰にしているのか分からない言い訳を内心で繰り返しつつ、梨々香と会った翌日に私は銀座にある老舗の高級腕時計ブランドを扱うショップに向かった。

「これは寒河江様。ようこそいらっしゃいました」

前回来た時は旧姓だったのに、情報をチェックしていたらしい担当の男性店員はさらりと私に〝寒河江〟の名を口にした。私も「ご無沙汰しております」と微笑む。

「とんでもないことでございます。ご結婚ということでご多忙だったでしょうに。どうですか、落ち着かれましたか」

店員に奥にある個室に案内されつつ頷いた。

「おかげさまで」

「ところで今日はご自分のものをお探しに？　プレゼントでしょうか」

「ええ……その」

少し言いよどみ、続ける。

「その、夫……に」

「かしこまりました。ご指定のブランドなどございますでしょうか」

個室のソファを勧めながら店員が言い、私はちょっと照れながらいくつかブランド名を口にする。

どうしてこんなに照れているのだろう。宗之さんのことを〝夫〟と呼ぶのも不慣れで、男性にプレゼントをするなんかはじめてだからだろうとは思うのだけれど、私もそんなに照れなくてもいいじゃない。

まるで、私が宗之さんのことを意識しているみたいな。

そう、恋しているみたいに……と考えて慌てて打ち消す。ああもう、私やっぱり変だわ。

店員が時計をいくつかケースに入れて持ってくる。

「どういったイメージで」や、「普段のお召し物の雰囲気は」といった店員からの質問に答え、時間をかけてプレゼントの腕時計を選ぶ。

時間なんかかけたくなかったのだけれど、どうしてかかかってしまったのだ。

「では、これにします」

「かしこまりました」

選んだのは、ビジネスカジュアルっぽい、銀と、黒に近いグリーンを基調とした外国ブランドの腕時計だった。ベルトも同じ色合いのグリーン。

宗之さんは、普段は金属製のシルバー系の腕時計をしていることが多い。

ビジネス用のものはたくさん持っているだろう、とあえて外してみたのだけれど……どうだろうか。

「ご主人様、とても喜ばれるでしょうね。お気持ちがたっぷりとこもっているのが伝わるはずです」

店員ににこやかに言われて表情が崩れかける。

気持ちなんてこもっているわけじゃない。そう言いたいけれど、いちいち突っかかるのもなんなので、そっと微笑むにとどめた。頬が少し熱い気がしたけれど……。

「ところで、こちらなのですが。似たデザインでレディースのご用意もございまして」

店員は抜け目なくレディースデザインのものを私の眼前に差し出す。ケースに入ったそれは、女性用らしく華奢なデザインではあるけれど、文字盤などがメンズのものと同じで、ひとめで揃いのものだと分かる。

「じゃあ、こちらも一緒に」

ついそう口にしてしまったのは、宗之さんがお揃いのティーカップを買ってくれていたせいだ。……もうひとつくらい、お揃いがあってもいいじゃないの。そう思ってしまったのだ。夫婦なんだからと、宗之さんも言っていた。

そう自分に言い訳しつつ、受け取りの日を調整して店を出る。店員はにこやかにいつまでも頭を下げていた。まああの値段のものがふたつ売れればね。

自分も商売を始めたからか、どうにも顧客側より販売する側に感情移入しがちだ。

店を出て少しして、ひゅうと吹く風に身を縮めた。たまには歩こうと電車で来てみたけれど、普段車だからか薄手のコートにしてしまっていた。

「もうすぐ十二月なのね」

ぽつりと呟き、街中がクリスマス一色なのに気が付く。この間ハロウィンをしていなかった？　仕事が忙しすぎたせいか、季節があっという間すぎる。夏があんなに暑かったのが嘘みたいに、歩けば歩くほど骨の芯まで冷え切っていく。

……と、葉がほとんど散り落ちた街路樹の銀杏の先、道路の向こうに、この間宗之さんに連れていってもらったアフタヌーンティーの店が見えた。

「……あそこ、美味しかったわね。また行きたいわ」

自分の言葉のどこかに、「宗之さんと」という言外の意味が交じっていることに気が付いて、拍動する心臓を落ち着かせようと深く息を吐いた。白い息が空気中に溶けていく。

「はあ……」

ため息もついた瞬間、見覚えのある精悍な姿が目に飛び込んでくる。

「宗之さん」

ぽろっと彼の名前を口に出していた。道路を挟んでいるためか、彼は私に全く気が付いていない。いや、道路は関係ないのかもしれない。

「……ほらね。一緒よ、男なんて」

私の呟きは雑踏のざわめきに消える。

宗之さんは女性を連れていた。華奢で小柄な、でも溌溂とした笑顔が似合う元気そうな女性だ。

私とは違う。全く違う。正反対だ。彼女ははしゃいでいるようだった。宗之さんの腕にしがみつき、弾けるような笑顔を見せる。彼と同年代か、少し年上くらいか。

彼女をエスコートして、宗之さんはアフタヌーンティーの店に入っていく。

「私とは、下見だったってこと？」

思わず葉をすっかり落とした銀杏によりかかり、胸を突き刺すような痛みに耐える。木枯らしが耳を痛いほどに冷やしていく。枯れはてた茶色い銀杏の葉が、風に飛ばされていく。

「ばかにして……」

どうしてこんなに苦しいの。

宗之さんも笑っていたから？　私にはあんなふうに笑ったことがないのに。

照れたみたいに、眉を下げて、優しく笑っていた。

……ああ、優しくされたのも気を使われたのも〝人前では仲睦まじく見せる〟という、あくまでも契約のためだけだったのか。

私は無様にも、それを勘違いして。

「そりゃあ、そうよ、ね」

私は脚に力を入れ、歩き出す。石畳を行くヒールの音が冷たく響く。

そうよ、こんなことどうってことないわ。

ビジネスライクな関係を望んだのは、私。宗之さんの私生活に口出しなんてしないわ。

感情を表に出したりもしない。

だって私は氷の女王だもの。


翌週になって届けられた時計が入った紙袋を、サンルームでぼんやりと眺めた。オイルヒーターがあるため、サンルームはとても暖かい。

かわいらしいお気に入りの格子窓の向こうは、すっかり私好みになったイングリッシュガーデン。花のない薔薇を見つめ、ため息とともに自分用の時計の箱を取り出した。

それを自室に置いてサンルームに戻ると、剣道着姿で肩からタオルをかけた宗之さんが猫脚のテーブルの前に立っていた。今日は休みらしく、朝から冷え切った剣道場で竹刀を振るっていたらしい。

あの人のところに行ってあげればいいのに。

ふとそんな考えが思い浮かび、そっと打ち消した。他人の恋路に口をはさんではいけない。私と結婚しているせいで、あの人には日陰の立場を強要してしまっているのだし。

溌溂とした笑顔が似合う、日向にいるような女性なのに。

氷柱で心臓をグサリと突き刺されたような気分になりつつ、「お疲れ様です」と声をかける。宗之さんは振り返り、かすかに目を細めた。

何だか慈しまれているような気がして居心地が悪い。だってそんなはずがない。ここはふたりきりで、他人の目はない。

それに、彼の心はあの人のものなんだから。その証拠に、ほら、あんなふうに笑ってくれない。

やけに乾燥した口の中を気持ち悪く思いながら、目線を紙袋に向けた。

「あの、それ、宗之さんにです」

「俺に？」

かすかに彼の声のトーンが明るくなったように聞こえたけど、それは気のせいだと振り切った。そう、そんなはずがない。

「ええ。日頃のお礼です」

「礼なんか」

「もらってください」

私はそう言い残して部屋に戻る。彼がどんな顔をしているか、見たくなかった。あの理知的な冷たい瞳で、私からの贈り物を見る様子なんて、目にしたくない。あの人からのプレゼントなら、眉を下げて優しく笑うのでしょう？

部屋に戻り、ドレッサーの一番下の引き出しの奥深くに揃いの腕時計をしまい込む。どうせ着けてすらもらえないプレゼントを買ったことを、それも浮かれてお揃いにしてしまったことを、激しく後悔していた。指先までひどく冷たい。


どうせ着けてもらえないはずの腕時計が、翌日には彼の腕で時を刻んでいた。

「え」

出社しようと降りてきたリビングで思わず目を丸くするところだった。何で？

三つ揃えのスーツ姿でコーヒーを飲んでいた宗之さんは私に向かって、かすかに目を細め「おはよう」と挨拶を口にした。私は曖昧に挨拶を返しながら内心首を傾げる。

「どうしたんだ？」

「あ、いえ……その時計、ビジネスにはあまり向かないデザインかと思っていたものですから」

慌てて今思いついた内容を口にする。

「ああ、気に入ったものだから」

サラリと彼は答え、そっと腕時計に目線を向けた。実際のところ、彼の着こなしがいいのか、腕時計は浮くことなく彼のスタイルになじんでいる。

「そうですか。よかったです。では」

踵を返した私の背後で、彼が椅子から立ち上がる音が聞こえた。何気なく振り向くと、彼はずんずん私の前まで歩いてくる。

「何ですか？」

宗之さんは私の顔をじっと見下ろす。そうして無言で私の髪の毛に触れた。勝手に心臓が跳ね、切なく痛む。梨々香の『恋よ』って言葉が浮かんで、同時に心臓に突き刺さったままの氷柱みたいな、あの太陽みたいな女性の笑顔で苦しくなる。

「こっちの台詞だ」

宗之さんは私の頬に手を当てた。温かくて、大きくて、頼ってしまいたくなる分厚い手のひら。私のものじゃない手のひら。

「どうかしたか。体調でも？　昨日から変だ」

「そんなことは」

「何かあれば頼れ。俺は君の夫だ」

私は目を逸らす。夫だから何。何だと言うの。たとえ夫だろうと、あなたは私のものじゃない。

「なんでもありません」

私はするりと彼の手から逃れ、玄関ホールに向かって歩く。ドアを出れば吉岡がいつも通り車の前に立っている。

「寒いのだから、車の中にいなさいよ」

「はは、僕の一日は社長をお出迎えすることから始まるのですよ」

快活に言われ、心がほどける。

そう、私には信頼できる部下がたくさんいる。

早く会社に行こう。美味しいモーニングを持ってきてもらうの。いい香りのする紅茶と一緒にね。

「コーヒーは当分飲みたくないわ」

車の後部座席に身体を預けながら呟いた。あの香りは、どうしたって宗之さんを思い起こさせる。

私のＳＮＳのアンティーク小物アカウントに嫌がらせのコメントがつくようになったのは、その日の夜からだった。掲載した写真の、人形と小物の配置がほかのアカウントの模倣だというらしい。【写真は盗作だ、みなさんこの人を信用しないで！】と、炎上させようとしているのだけが文面から伝わってくる。

私はベッドでゴロゴロしながら、呆れて相手のアカウントをブロックした。まったく、ばかばかしい。

けれど相手はあきらめず、別のアカウントでまた書き込みをしてきた。その上、自作自演なのか仲間なのかわからないけれど、賛同するコメントもいくつか散見された。もっとも、ほとんどが私を擁護してくれている。というか、相手の言いがかりがひどすぎて呆れている。

まあ、嫌がらせはかすかに私の気分を害した。何しろ、大切な息抜き用の趣味アカウントへの嫌がらせだ。

「かわいそうね」

私は呟き、スマホの画面をスクロールする。本当にかわいそう。私がこのまま顧問弁護士に連絡すれば、この人たちの個人情報はあっという間に丸裸だ。だから、焦りもなにもなかった。あるのは憐憫《れんびん》だけ。

さてどうしようかしら、と何となくコメントを眺めていて、批判コメントのひとつに目が留まる。

【この人は泥棒猫。他人の男も平気で盗む】

小さく息をのみ、スマホをスリープにして枕元に伏せる。

思い浮かんだのは、日陰者にしてしまった、あの日差しのように溌溂とした女性。

「彼女なのかしら」

確信は何もない。嫌がらせの一環で、適当なことを書き込んでいるのかも。

それでも、弁護士に連絡をとるのはやめにした。大袈裟にしたくなくなった。

そういえばあの日以来、宗之さんはこだわりであるかのようにあの時計を着け続けた。

「よっぽど趣味が合ったのかしら」

執務室のデスクでそう呟くと、吉岡が「どうしました」と首を傾げた。ちょうど部屋に戻ってきたところらしい。

「あら吉岡くん、いたの」

「独り言でしたか」

「ええ、まあね。ごめんなさい」

「社長、ご存じですか。独り言が多いのは悩んでいる証拠らしいですよ」

「私が？　悩み？」

私は肩をすくめてみせた。

「そんなものないわ」

一瞬、宗之さんの顔が思い浮かぶ。溌溂としたあの人の笑顔も。それから相変わらず続くSNSの嫌がらせも……でも、それを顔に出してはいないだろう。態度にも。

案の定、吉岡は笑顔を見せてくる。

「だといいのですが……僕も最近、独り言が多くなってしまっていまして」

「あら、吉岡君こそお悩み？　仕事のことなら今言って。改善するから」

「いえ。プライベートで……申し訳ございません、ご心配をおかけして。大丈夫です」

にこっと笑う吉岡だけれど、内心とても心配になる。いつも私を支えてくれている秘書だから、何か役に立てればと思うのだけれど……。

と、ノックの音がした。

「あの、社長。今よろしいでしょうか」

「ええ、構わないわ」

返事をすると、受付の女性社員が、悲しそうな顔をして封書を手に入室してきた。

「どうしたの？」

「実は、変な手紙が」

「先にこちらに」

吉岡が封書を手に取り、中からカードを取り出した。すぐさま彼は渋面を作り、

「まったく、暇な人もいるものだ」と低い声で言う。

「なあに」

「社長にお見せするほどのものでは。誹謗中傷の類です。続くようなら僕のほうで対処いたしますので」

「いいじゃない。把握しておきたいわ」

しぶしぶといった様子の吉岡からカードを受け取り、印字された文字を見てかすかに息をのんだ。

【北里三花は泥棒猫だ。寒河江宗之には他に愛する女性がいるのに、権力と金をかさ

に着て彼を盗み、自分のものにした。恥を知れ】

私はふう、とため息を吐き出した。

本当にあの溌溂とした女性が、こんな手紙を？　まさか、とは思うけれど疑念が拭えない。

なにげなくカードを裏返す。そこにはティースタンドのイラストが箔押ししてある。イラストの横に、英語でメッセージが書かれていた。手書きだ。

【We do hope we can go together again sometime.】

「アフタヌーンティー……、〝また一緒に〟？」

息を吐き出すように呟き、私は吉岡に指示を出す。

「大丈夫よ。無視しておきなさい」

疑念はあくまで疑念だ。確信もそれに足る証拠もあるわけじゃない。

そう、そもそも宗之さんとあの女性は大した関係ではないかもしれない。事実としてあるのは、宗之さんとあの人が仲睦まじい様子で腕を組んでいたこと、予約の取れないアフタヌーンティーのカフェに入っていったこと、SNSの嫌がらせ、アフタヌーンティーを連想させるカード、〝また一緒に〟というメッセージ。断片的な情報が、私の中で勝手にストーリーを作る。

こんなのはいけないわ。理性的な行動じゃない。

いい加減、宗之さんに確認をとるべきよ。でも怖い。

私は真実を知ることが、とても怖い。

内心で自嘲の笑みを浮かべる私に、吉岡が眉を下げた。

「無視でよろしいですか」

「もちろんよ。あまり刺激してもね」

私はカードを封筒ごとデスクの奥にしまい込む。

心臓の氷柱が痛んだ。つらいわよね、と思う。愛する人が、形式だけとはいえ、結婚しているのだもの。

あの女性が差出人だとすれば、これくらいのガス抜きはさせるべきだわ。

もしくは直接会って、私と宗之さんは本当に形だけの結婚で、感情も身体の関係も何もないのだと説明するべきか。

……いずれしようと思っていた別居も時期を早めなくてはいけないかもしれない。

そんなことを考えると、氷柱がさらに鋭利になってきたような気分になる。

胸が痛い。泣いてしまいそう。でもそれは許されない。

私は氷の女王なのだ。冷静、冷徹でいなくては。感情を出してはいけない。

ふと、アンデルセンの雪の女王を思い出す。

あなたも少年を奪われる時、こんな気持ちだったのかしら。

がらんとした誰もいない氷のお城を見て、あなたは……。

「それはそうと、今日はさすがにお召し替えされますよね」

吉岡の声にハッとした。

「ええ、その予定」

視線をＰＣの画面に戻しながら平静を装って返事をする。今日の夜は宗之さんのご実家が主催する、財界のトップを集めたパーティーがある。父や兄も来るため、行きたくはないがそういうわけにもいかない。そもそも宗之さんに会いたくない。唯一の救いは梨々香も来ることだろうか。

「お着物ですよね。いつもの先生にお願いしてありますので」

「ありがとう」

着物は自分でも着られるけれど、格式の高い場所に行く時は着付けを頼んでいる。

今日の着物は淡いブルーの色留袖《いろとめそで》。雪持ち笹に鶴が上品に配置されているものだ。

年齢の割に落ち着きのある柄だけれど、クールに見えるところが気に入っている。

「もう少し華やかになさってはどうです？　せっかく若くお綺麗なのにもったいない」

着付けの先生にそう言われつつ、社内で着付けてもらい吉岡の運転で会場のホテルに向かう。

普段は気にもならないのに、車窓に映る自分を見て「地味かしら」と呟いた。

「まさか。社長はいつもお綺麗ですよ」

「あなたたちの言うことは信用ならないわ。いつだって褒めたたえてくるんだもの」

部下たちはいつだってそうだ。かすかに苦笑いを表情に滲ませると、吉岡は「まさか」と眉を上げた。

「社員一同、本心からですよ」

「はいはい。ありがとう」

ちょうど車がホテルの車止めに到着する。ドアマンにドアを開けてもらいつつ、吉岡に直帰するよう指示を出した。

「奥様とゆっくりなさい」

そう言うと、吉岡は一瞬息をのみ、それから「はい」と笑う。

……もしかして、彼の悩みって奥様に関することなのかしら。

聞く時間もタイミングもなく、会場に向かう。すでにエントランスホールに宗之さんが立っていて、人目を引いていた。きっちりとしたスリーピースの略礼服のダークスーツは、彼の冷徹さを際立たせているようにも見える。

実際、なんとなく、遠巻きにされている。さすが、極氷。

私はぐっとおへそのあたりに力を入れる。父に「ちゃんと結婚生活を送っている」というところを見せておかねば、「約束が違う」と会社に手を出されたりするかもしれない。

「宗之さん」

私は自然に笑っているかのような表情を顔面に張り付ける。ちゃんと笑っているのかしら。

宗之さんは私に視線を向け、本当に私と会えたことが嬉しいと言わんばかりの雰囲気で目を細めた。ずきっと心臓の氷柱が痛む。

「君は着物も似合うんだな」

私は周囲の人々に見せるための笑みを顔に張り付ける。

それにしたって、宗之さんは本当に仲睦まじい〝振り〟が上手ね。私が頭の中で作ったストーリーが真実であれどうであれ、〝振り〟なのは真実だろうから。

だって彼は私の前ではあんなふうに笑わないもの。

契約を履行することは、彼にとって息をするくらい簡単なことなのだろう。

勘違いしていた私が悪いの。

さりげなく腕を差し出され、内心ため息をつきつつそっと宗之さんの腕を取る。思い出すのは冬の路上で幸せそうにはしゃいで彼の腕にしがみついたあの人だった。

心臓で氷柱が痛む。

私は裏切られたと思っているのだろうか。

最初から私と彼の間にあったのはビジネスライクな関係だけで、そしてそれを望んだのは私なのだ。

会場となっているホールに入ると、音楽とざわめきに一瞬気が遠くなりかけた。

このところ、眠れていないためだろうか。

「三花」

宗之さんの声が降ってくる。

「大丈夫か」

「ええ」

即答した。これくらい何ともない。矜持だけで胸を張る。

「そうか」

宗之さんはじっと観察するように私を見ている。居心地が悪い。と、人波の向こうに父の姿を見つけた。目が合う。父は笑顔でこちらに足を進めてきた。

「宗之さん、三花」

父の声に、より一層表情を硬くする。悟られてはいけない。気取られてもいけない。宗之さんとはきちんと夫婦をしているわ。

父はパートナーを連れておらず、ひとりだった。体面を保つため亡き妻を思っているふりをしているのと、志津子さんはこんな格式の高い場にふさわしくないと思っているためだ。全く理解できない行動だった。

「こんばんは、お義父さん。このたびはご参加いただきありがとうございます」

「いやいや、はは。それにしたって仲良さそうにしているじゃないか。どうだね宗之さん、三花は反抗的じゃないかね」

「申し訳ありません、意図が。反抗的とは？」

「つまり女のくせに感情を顕わにしたり、いちいち口答えをしたりしていないかね？この子はヒステリー気質なんだろうな。まったく。花嫁修業で留学だのさせたのに結局自分で会社まで作るし……まあ遊びのようなものだろうから、女にはちょうどいいだろう」

私は内心唇を噛む。宗之さんは少し黙ったあと、「お義父さん」とはっきりと言った。

「三花さんは素晴らしい人です。自分で道を切り開く人だ。私は彼女を尊敬しています」

そう言って私の手を彼の大きくて温かな手で包む。冷え切った指先に、彼の体温が染み渡るようだった。

目を瞠る。

ねえ、どうしてあなたは、私が泣きそうな時、手を取ってくれるの。

「はっはっは、新婚だなあ。まあときには厳しくしつけるのも夫の役目ですよ」

そう言った父は他の人に呼ばれ、さっさとそちらに向かった。

こっそりと息を吐いた私を見下ろす視線に気が付き、顔を上げる。宗之さんの冷静な瞳にかすかに感情が見え隠れしている。いぶかしみ眉をよせかけた私に向かって彼は声をかける。

「君は子供のころ、どんなふうに過ごしていたんだ」

その声に感情が揺さぶられた。もしかして、私に同情している？

たしかに今の会話で、私がどう育ってきたか、その断片のようなものは見えるだろう。父にいかに見下されているのかも。そりゃあ、同情してしまうかもしれない。

でもふざけるなと思った。私とはビジネスライクな関係と決め、実際その通りにしているのだ。今さら憐憫みたいなものを向けられても困る。

「普通の子供でした」

「三花、もし」

彼が何か言いかけた瞬間、「あらあ！」と少し甲高い声がした。目線を向けると、最近気鋭の大手ショッピングサイトのＣＥＯの女性が立っていた。茶髪をウェーブにした、艶やかな女性だ。ざっくりと大きく胸部が開いた真っ赤なドレスが、彼女の肢体を鮮やかに引き立たせている。

「こんばんはあ。おふたりとも」

すでにお酒が入っているのか、彼女はかすかに頬を赤らめこちらに向かってくる。挨拶を返す私たちを見て、特に繋がれた手をじっと見つめ、それから唇を歪な笑みの形にした。

「どうかされましたか」

宗之さんが淡々と、というより絶対零度を感じさせる声で尋ねる。手はつながれたままだった。女性はニタリと笑みを深め、手にしていたカクテルを飲み干す。楽しくて仕方ない、みたいな表情だった。

「あたし、聞いちゃったんですけど」

そう言って彼女は私たちに身体を寄せ、小さな声で続けた。

「おふたりって、仮面夫婦なんですって？　宗之さんは奥様に気持ちがないって、そう聞いたのですけれど？」

私は息を止めた。でもそれは一瞬、ほんの一瞬だ。すぐに苦笑をあえて顔に浮かべる。だってそんなの根も葉もないってアピールしなきゃ。実際は本当のことなのだけれど、ね。

けれど私より先に宗之さんが動いた。

私の肩を抱き寄せ、慈しむように腕に閉じ込め女性から距離を取らせる。彼のかたい胸板に頭が当たり、彼のいい匂いがした。心音も聞こえる。私はなんだかそれに、ひどく安心してしまう。

守られているのだと、はっきりと分かった。

宗之さんは私を見てから「いいえ」と低く、はっきりとした声で断言する。

「三花は俺にとってたったひとりの、大切な妻です」

「でも――」

「いい加減な憶測はやめていただけますか。失礼」

宗之さんは私の肩を抱いたまま歩き出す。私は半ば呆然と彼に従った。会場の視線を痛いほど感じている。

彼は会場の隅、花がたくさん飾られている場所にある椅子に私を座らせると、絨毯に片膝をつき私の手をとり顔を覗き込む。

まるで、王子様みたいに。

「三花。さっきのCEOが言ったことは真に受けないでほしい。実は少し前、彼女に付きまとわれていた時期があるんだ。もちろん誓ってなにもなかった。おおかた、適当なことを言って俺たちを揺さぶろうとしたんだろう」

宗之さんにしては珍しい、どこか必死ささえ感じる言葉をじっと聞く。いろんな感情がないまぜになっている。守られたことが、素直にうれしかった。

でも必死なのは、彼女の言葉が全て真実だったからじゃないの？　社長は言っていた、『聞いた』のだと。もしかしたら、もう宗之さんとあの溌溂とした女性のことはすでに噂になりつつあるのかもしれない。

だからこそ、こんなふうに衆目を集める場で王子か騎士のように跪いてみせている。

人前では仲睦まじい夫婦でいるという、契約の文言の通りに。

宗之さんは手を取ったまま立ち上がり、私の耳元で囁く。

「三花、何も心配しないでくれ」

その言葉が、本当のことみたいで心臓がばかみたいに拍動している。

真実彼が私を想って出た言葉のように思えて、とても苦しい。彼は私に笑いかけないのに、感情など何も向けられていないのに、私たちは契約通りにしているだけの仮面夫婦なのに。

嬉しい、切ない、悲しい、悔しい。感情がどろどろでぐちゃぐちゃだ。

私のことなんかどうでもいいくせに、優しくしないでほしい。

あとで辛くなるから。

……でも、どうして辛くなるのかしら。

私は彼にエスコートされ立ち上がりながら、そんなことを思った。


帰宅してすぐ、私は彼に別居の提案をした。溌溂と笑う彼女のこともあるけれど、これ以上一緒にいると、感情が乱れて取り返しのつかないことになると確信があった。よくない、彼といるのは私にとってよくないことだ。

「だめだ。契約で数年は同居と決めただろう」

強い口調での即答に眉を上げた。一体どうしたというのだろう。

「それはそうなのですけれど、宗之さん側に何か特段反対する理由もないでしょう？」

宗之さんにしては本当に珍しく、珍しくどころか恐らくはじめて、私の前で何かを言いかけて、やめた。ぎゅっと眉を寄せ、考え込むように唇を真一文字にしている。

あの、冷徹で理知的な寒河江宗之が、表情を崩している。

「宗之さん？」

「すまない、三花。少し考えをまとめたい」

そう言って彼は私に背中を向けた。広くてがっしりとした、男性の背中。

すがりつきたい衝動にかられ、私は必死でそれを胸の底に押し込んだ。

「……分かりました」

去っていく背中に告げる。

ああ、本当に私の感情はどうしてしまったのだろう。

自分の感情がよく分からないまま、日常は続いていく。

十二月も半ばを過ぎると、寒さがひとしお身に染みる。

「社長、いつもお世話になっております。新しく仕入れた台湾茶、お客様に大変にご好評いただいていて」

うちの会社から直接茶葉を仕入れている、都内老舗ホテルのカフェラウンジ。半地下のこのカフェの天井は吹き抜けになっていて、その高い天井にある照明には大正時代に作られたというレトロなシャンデリアが下がっている。ところどころに置かれた間接照明にも同時代の暖かな色合いのステンドグラスのランプシェードが使われていた。ひとり掛けのソファもレトロな布張りのもの。ゆったりと流れるピアノの生演奏、天井まである嵌め殺しの大きなガラス越しに美しく整えられた庭園が見えている。

葉を落とし冬の装いとなった大きな銀杏の木と、ピンクの寒椿、鈍色の空から舞いおちてくる美しい雪片。初雪だ。寒々しい一方で、澄んだ冬特有の清々しさもある。

そんな私好みの空間で、ついついリラックスして、頬が少しだけれど緩んだ。

「スタッフのみなさんの腕がいいのですわ」

私は芳醇な台湾茶の香りを嗅ぎ、支配人に向かって柔らかく目を細めてみせた。

年末の挨拶回りでこのホテルに訪れたところ、秘書の吉岡と一緒に、支配人からお茶の誘いを受けたのだった。

「ありがとうございます。ところで、こちら大したものではないのですが」

支配人が振り向くと、ラウンジの入り口から数人のホテルスタッフがやってくる。

手には薔薇の花束を持っていた。くすんだ色合いの上品なピンク色の薔薇は、花びらの先がくしゅっとかわいらしく縮んでいる。どことなくアンティークな雰囲気のものだった。

「寒河江社長、上場おめでとうございます」

スタッフに花束を渡され、思わずソファから立ち上がり感嘆の声を小さく上げた。

「よろしいのかしら」

思わぬことに花束に目線を落とし呟くと、スタッフたちが次々に口を開いた。

「もちろんです！　いつも社長には細かな要望まで聞いていただき、従業員一同感謝しているのですよ」

「このラウンジの改装オープンの際なんか、社長手ずから、台湾茶の淹れ方の講習までしてくださったじゃないですか」

「あの教えてくださった方法、とても好評で、新しいスタッフが入るたび引き継いでいるんです」

「社長がいなくては、このラウンジの再オープンはここまで成功しなかったです」

私は胸がじいんとしてしまい、表情を保つので精いっぱいになる。

そのあともスタッフたちとしばらく会話をして、二箭《せん》目のお茶を淹れてもらう。この茶葉は一煎目は香りを楽しみ、二煎目から味を楽しむ種類だった。吉岡とふたり、ゆっくりと味わわせてもらう。

「ああ、美味しい」

「ですねえ。しかし、社長の人望はさすがです」

吉岡がテーブルの上に置いた花束に目をやり微笑む。「よして」と軽く目を逸らし、茶器を両手できゅっと握った。

「……あの」

「なあに、吉岡」

「み、見間違いだったら申し訳ないのですが、社長……涙ぐんでらっしゃいます?」

「そんなことないわ」

言いながらも目頭が熱いのは自覚している。

最近、宗之さんのことで胸が切なく痛むことが多かった。私って彼にとってどんな存在なのだろうと、自分から始めた契約のくせに考えてしまって。

私は誰からも必要とされてないいんじゃないかって。

でも、と私は花束を見る。

こうして仕事で頑張ってきたことが評価されて、誰かから認められて。それでいいじゃない。私には仕事があるの。頼もしい部下たちと、私を必要としてくれるお客様たちと。

吉岡がからかうように私の顔を覗き込む。

「うわあ、明日槍でも降ってくるのではないですか。社長が泣くだなんて……」

「もう、やめなさい」

からかわれつい頬を上げた私の目の前で、吉岡の顔が悲痛に染まる。

「あっ」

彼は私の背後を見て小さく叫び、目を見開いていた。何かと振り向けば、ラウンジの先にあるロビーを、一組のカップルが腕を組み幸せそうに歩いていくところだった。

年齢は私や吉岡と同じくらいだろう。

「どうしたの、吉岡くん」

「……妻です」

その言葉に、さすがに涙も引っ込んだ。

「妻？」

「はい……」

吉岡はがくりと肩を落とし、悲しげに訥々《とつとつ》と語った。

「半年ほど前から、別居しているんです。他に好きな人ができたと、そう言われて」

「そうだったの」

それで落ち込んでいたり、悩んでいたりしたのか。

「僕は妻に未練があって、どうしても離婚したくなくて、ここまでずるずると来てしまったのですが」

「吉岡くん」

私は少し眉を下げ、テーブルの上にあった彼の手をぽん、と叩く。

「私の放蕩《ほうとう》な兄のことは知っているわね」

「はい……」

「不倫するような人はね、直らないわ。ここで復縁しても、きっとまた同じことを繰り返す」

胸の奥が痛んだ。

宗之さんだって、これからあの溌溂とした女性と縁が切れたとしても、また新たな女性と出会うだろう。

私とは契約で縛られた仮面夫婦なのだから、厳密には不倫とは違うのかもしれないけれど。

「分かっています、社長がおっしゃりたいことは……」

吉岡の声に胸が痛みつつ、はっきりと言ったほうが彼のためになると腹を括った。

「離婚したほうがお互いのためにいいのよ」

そう口に出した瞬間だった。

バン！とテーブルに誰かが手をついた。見上げた先にあったのは、冷え切った冬の空みたいな顔をした宗之さんだった。目だけがひどく熱い。

怒っているのだと、ひとめで分かった。

「む、宗之さん？」

彼は戸惑っている私の手を取り、ソファから立たせ、私を抱き寄せる。そうして「離婚はしない」と言い放った。

「え？」

ぽかんとしていると、宗之さんは淡々と口を開いた。相変わらず、瞳だけを滾《たぎ》らせながら——。

「君がこの男とどういう関係なのかは知らない。だが、俺は君を手放すつもりはない」

私はようやく、彼が大きな勘違いをしているのだと気が付いた。どうしてこんなに怒っているのかは分からないけれど、彼の経営者としての立場的にも離婚はまずいのだろう。

私は彼の伴侶でいられる。

自嘲と安堵が入り混じるなか、誤解を解かなくてはと彼を見上げた。「違うんです」と首を振り口を開きかけ、すぐに目を瞠った。

宗之さんはぎゅうっと眉根を寄せていた。

まるでつらいことに耐える子供みたいだと思った。

「三花。俺は」

私は呆然と彼の整ったかんばせを見つめ続ける。

「俺は、君を愛している」

【四章】愛おしい人

秋。まだ暑いと思っていたら、気が付くと街路樹の銀杏が色づいていた。

俺が運転する車の助手席に座る三花は、何を考えているのだろう。さりげなく目をやるけれど、表情から感情は読み取れない。いつにも増して氷が分厚い気がする。

緊張しているのか？　一体どうして。

「俺の運転は不安か？　無事故無違反だからそう下手ではないはずだ」

そう話しかけると、三花は「え」とこちらを見て、それからふっと肩の力を抜いた。

「宗之さんの運転が不安というわけではないです」

「そうか」

「ええ」

――都内にある、紹介制のアンティークショップへ向かう道すがら、俺と彼女が話したのはたったこれだけだった。

少し前から俺の中に生まれた「三花のいろいろな表情を見てみたい」という強い感情。そのため、いくつか伝手を頼って見つけたのがこのアンティークショップだった。

気に入ってくれるといいのだけれど。

緊張や不安というものは俺にとって極めて珍しい感情だ。そのためやけにそわそわしてしまう。

そうでもない反応だったら、俺はきっとがっかりするのだろうな。

そう思い、運転しながら苦笑した。「がっかり」だなんて感情が俺の中にあったんだなあ。

けれど俺の不安は杞憂に終わった。

「わあ……」

アンティークショップに入るなり、三花は目を輝かせ感嘆の声をあげる。

店内を見回す彼女の、普段氷に閉ざされた湖のような瞳が、溶けた春の雪のようにキラキラと輝いている。俺はそんな彼女を見ると、不思議なほど心臓が騒めいて、彼女を強く抱きしめたくなる。艶やかな黒髪に頬を寄せ、柳腰を引き寄せて、華奢な体を俺の中にすっかり閉じ込めてしまいたくなるのだ。

三花が店内を見て回るのを、壁際のソファに座りじっと眺めた。いくら見ても見飽きない。表情はあまり変わらないよう努めているようだが、その瞳は少女のように興味津々に煌めいている。

「かわいらしいくま」

三花は柔らかな口調でそう言って、三十センチほどのアンティーク・テディベアを抱き上げた。蜂蜜色の熊の首には赤いリボンが巻かれている。

三花の背後には、小さな採光窓があった。秋の陽が差し込んでいる。店内のオレンジの間接照明が、彼女を幻想的に見せていた。

「綺麗だ」

俺以外に聞こえない、小さな声でそう呟く。

綺麗な三花が、優しい瞳でテディベアを抱いている。

ふと、イメージした。彼女が赤ん坊を抱いているところを。同じように、いやもっと優しい瞳をするのだろう。ぎしっと胸の奥が軋む。ありえない未来だ。

彼女は子供を欲しがっていないのだ。そう契約した。

それを尊重するべきなのに、俺は彼女との未来を夢想しはじめてしまっていた。

別に、子供の有無は問題ではなくて。

ただ、夫婦として、お互いを慈しむ家族として過ごしてみたいと、そう思った。

店の会計は、遠慮する三花を説得しすべて俺が支払った。

その際、こっそりとあのテディベアを荷物に入れてもらった。いつか渡せたらいいなんて、そう思ったのだ。

銀杏の葉が黄色をさらに深めたころ、俺は三花ともっと距離を詰めたいと思うようになっていた。土産を渡すと頬を緩めるところ、一緒にコーヒーを飲むと少しリラックスしている様子が垣間見えるところ、サンルームで庭を見て目を細めているところ、人形を優しく撫でているところ。その全てが好ましく素敵なものに感じられた。

「谷垣。俺はなんてかわいらしい人と結婚したんだろうな」

俺は執務室で、眼下の街路樹を眺めながら呟いた。昨日、揃いのティーカップをプレゼントしたところ、思った以上に反応がよかった……というか、明確に三花が照れているのが分かった。俺もだらしなく眉を下げて笑ってしまいそうで、必死で我慢した。

恐らく三花はそんな、自分を律することのできない男は好きではないだろう。

「そうおっしゃるなら、お世継ぎのこともお考えになっては」

「却下だ。彼女が望んでいないと言っただろ」

「そのおっしゃりようですと、宗之様はお子様が欲しいのですか」

つい黙ってしまう。

夢想した彼女と築く未来は、脳裏にやきついてしまっていた。笑いあい、同じベッドで眠り、朝食を食べ、予定がなければ約束などせずとも一緒に出かける。散歩程度のことでいい。手を繋いでともに過ごせたら、それはどんなにか幸福なことだろう。

「それならば、三花様に打診してみればよいではないですか」

「だめだ。出産なんか、どれだけ安産であろうと彼女に一方的に負担がかかることだろ？　彼女が望むならともかく」

俺は小さく息を吐く。俺はただ、三花とともに生きていきたいのだと、ようやく気が付いた。それが一体どんな感情の発露なのかは、分からないまま。

「そういえばハームズワース様よりお手紙お預かりしておりますが」

「またか」

俺は眉間を寄せそうになる。まったく、いつまでつきまとう気なんだ。

「ハームズワース様、まだ未練がおありなのですねえ」

「彼女と俺が交際していたかのような言い方はやめてくれ」

俺はため息をつき、アメリア・ハームズワースに付きまとわれた一年間について思い返す。イギリスの大学に留学していたころの同級生で、何かのグループワークの際に一緒になった。その際、当初は俺のことをアジア人と見下していた彼女をディスカッションでやり込めたらしい。全く記憶にないが。何しろそういったことは日常茶飯事だったのだ。

それがきっかけで、というか何がどうなっているのか分からないが、彼女は俺に惚れたらしい。気が付けば言い寄られベタベタと接されて、君とはそういう関係になりたくないとはっきり告げると半ばストーカー化した。日本のように『告白』文化がない国だから、下手をすると『付き合っていたのに振られた』と思っている節もある。

幸い、帰国時に縁が切れたと思っていたが、なぜだか三花と結婚してから再び連絡をよこすようになったのだ。メールも電話も無視していると、会社宛てにエアメールが届くようになった。

「『わたしがあなたを諦めたのは、氷のようなあなたが他の女性にも同じように接していたから。あなたが誰のことも愛さないと思ったからよ』だそうです」

読み上げる谷垣に肩をすくめる。

「とてつもない執着だよな」

「宗之様はどなたをも惹きつけますからねえ」

「だったらよかったんだが……」

三花は違うようだ、と内心呟いて思う。彼女の纏う雰囲気は、冴えた冬の朝のようだ。降り積もる美しい新雪。そういうところが好ましいが、俺には甘えてほしくもある。

「初雪はいつ頃だろう」

呟きながら秋空を見上げる。三花と雪を見たいと、ふとそう思った。

叔父である義之さんから「婚約者を紹介する」と呼び出されたのは、その日の午後のことだった。三花に時間があればディナーに誘いたかったのに、と内心不満に思いつつ、義之さんが指定したホテルレストランに向かう。その個室で、俺は久しぶりに目を丸くした。

「師匠」

「久しぶりだね、宗之くん。元気そうだ」

にかっ！とものすごく明るい笑顔を見せてくるのは、俺が小学生から中学あたりまで指導してくれていた師匠、桜子《さくらこ》さんだった。たしか義之さんと同じ歳だが、小柄なのもあってか相変わらず若々しい。剣道の腕はとてつもなく上だったが。なにしろ国体三連覇だ。口調が男性的なのは、剣道の指導するとき、小柄な彼女が子供たちに侮られないようにしていた癖のようなものらしい。……いまだにその口調ということは、まだ師匠からは子供だと思われていることの証拠のようでつい苦笑した。

彼女は警備員として勤務しつつ、実家の剣道場で子供たちの指導に当たっていた。外国での剣道普及に携わるため、数年前に渡米していたはずだった。

「ご無沙汰しております。しかし師匠、どうしてこちらに」

言いながら俺はどうしてここに義之さんに呼び出された理由を思い出し、椅子に座りつつ「まさか」と義之さんの顔を見つめた。

「ははは、久しぶりだな、お前のそんな顔は」

「いや、驚きますよ。まさか義之さんの婚約者が師匠だとは」

「よしなさい、宗之くん。もうわたしは君の師匠ではないのだから」

「いえ、師匠は師匠です」

そう言うと、師匠は大きく破顔した。

「あはは、ありがとう。実は米国で義之さんと仕事で関わってね。生涯独身のつもりだったのだけれど、口説き落とされてしまったんだ」

照れもなくあっけらかんと言う師匠の横で、百戦錬磨のはずの義之さんが照れてかすかに頬を赤くしている。俺は「そうでしたか……」と呟くしかなかった。

「まあ、ちょうど怪我もあって心細かったのかもしれないね」

「怪我？　師匠、お怪我を？」

「ちょっと靭帯をね。まあ、無理しなければ歩けるほどには回復しているよ」

師匠がパンツスーツの裾を軽く上げると、かなりしっかりとしたサポーターで保護されていた。

「無理されないでくださいね」

「ん、ありがとう。まあ、そんなわけで今に至るんだ。宗之くんの叔父さんだとは思わなかったがね」

ちょうどそこでアミューズが運ばれてきて、俺と師匠との久しぶりの再会は和やかに進んだ。

コースがメインの子羊のロティに進んだころ。

「失礼、会社からだ」

義之さんが電話で席を外したすきに、師匠が「相談してもいいかな」と目を細めた。

「何でしょうか」

「義之さんにクリスマスプレゼントを贈るとしたら、何がいいと思う？」

「クリスマスプレゼントですか」

「ううん、わたしが思いつくのは筋トレグッズくらいしかなくてね」

「なるほど」

俺は腕を組み内心で首を傾げた。義之さんの欲しいものか。たいていのものは自分で手に入れる人だからな。

「師匠からなら、何だって喜ぶと思いますよ」

「そういったごまかしはいいんだよ、宗之くん。わたしは具体例を相談しているんだ」

む、と沈思《ちんし》したものの思いつかない。結局、後日に一緒に買いに行こうという話になった。

「悪いね」

「いいえ。何か俺のほうでもリサーチしておきます」

「ありがとう。ああ、ところで、遅くなったけれど結婚おめでとう。義之さんが言うには相当な美人らしいけれど」

「ええ、綺麗ですよ」

「写真はないのかな」

「写真」

俺はぽかんとしてしまった。そうか、俺は三花の写真を持っていない。

「ないのか？　最近の人はどこでも何でも写真に撮っているだろうに」

「いえ、何だかタイミングが……今度お見せします」

「楽しみにしておくよ。どんな女性なんだい」

師匠に聞かれ、赤ワインで唇を湿らせて口を開く。

「一見、冷たいクールな雰囲気の人です。冷たいといっても、美しい氷のような」

「ほう。あの寒河江宗之から詩的な比喩が飛び出るとはね」

師匠は面白そうに目を丸くした。俺は内心少し照れつつ、続けた。

「ですが本来は優しくて、気を抜いていると年齢よりあどけなさも感じます」

「おやいいね。ギャップってやつか」

「ああ、そうかもしれません」

そう言ってから、ふとあの猫の人形を思い返す。

「ペルシャ猫のような感じです。高貴で上品で、優雅な」

「べた褒めだね。知人がペルシャ猫を飼っているが、飼い主にはずいぶんと甘えん坊のようだよ。奥様もそうなのかな」

俺は一瞬想像する。三花が俺にベタベタに甘えているところを。

「そんなことをされたら、かわいすぎて気を失うかもしれません」

「べたぼれだ！」

師匠が大きく笑う。俺はその顔を見ながら、師匠が今何と言ったのか、脳内で咀嚼した。べたぼれ。

べた惚れ……？

俺は三花に恋をしているのか？

俺が、恋？

ホテルで飲んだ赤ワインが旨かったから、同じものを買ってふわふわしたまま帰宅した。秋の夜は冷えていた。空に冴え冴えと白い月が浮かんでいた。

何で俺は赤ワインを買ったのだろう。別に、今日じゃなくてよかった。

サンルームに向かうと、オイルヒーターでほんのり暖かい。三花がいつもの白いソファに座り、マグカップにたっぷり淹れたチャイを飲んでいた。猫脚のテーブルの上には、小さな人形。

「これは？」

「おかえりなさい。雪の女王です」

三花はちらっと俺を見て言う。おかえり、の四文字がやけに愛おしい。

暖かそうなルームウェアを着ている彼女は、その姿を俺に見られることを嫌がってはいないように見えた。部屋着で俺の前にいることすら拒否していた夏の終わり頃とは、ずいぶん違う。

気を許しはじめてくれている。

猫のように？

甘えん坊、という言葉を思い返し、彼女を抱き上げ自分の膝の上に乗せたくなった。俺に甘えてくれたら、どんなにかわいらしいだろう。肩のあたりに顔を預け、少し上目遣いに俺を見上げて笑うのだ。

「宗之さん？」

現実の彼女の声にハッと顔を上げた。

「珍しいですね。酔っているのですか」

その瞳は、気を許しはじめてくれているといっても、まだまだクールなもの。

甘えてほしいという欲求でかすかに息苦しいほど。こっそりと息を吐いた。

「いや。そうじゃない……ああ、これ、土産だ」

俺はテーブルにワインの入った紙袋を置き、それから気が付く。

そうか、俺は三花がかつて〝ワイン派〟だと言ったから……だから、美味しいワインを呑んで三花にも呑ませてやりたくなったのだ。

その事実に呆然としてしまう。

俺の視線の先で、三花の唇の端がわずかに綻んだ。雪解けのように、花のつぼみが緩むように。

「ありがとうございます」

「今、呑むか」

三花は少し迷ってから、小さく頷いた。

俺は自室で部屋着である薄手のセーターに着替えてから、キッチンの食器棚からワイングラスを見繕い、彼女のもとに向かう。

栓を抜き、グラスに注いで彼女に渡す。

「ありがとうございます」

その声に小さな喜びや、ほんのわずかかもしれないが甘えのような雰囲気を感じて、心臓が鷲掴みにされた気分になる。三花の表情はあまり動かない。けれどその隙間に、氷の仮面の向こう側に、俺への感情が入り混じっていないか、俺は必死に目をこらしている。

甘えたいと思ってほしい。俺は死ぬほど君を甘やかしたい。

自分の感情が自分のものじゃないみたいだ。冷静さなんてかけらもない——恋、なのか？

確信はない。したことがないから。

向かい合って座り、グラスを傾けた。

「美味しい」

三花の声に知らず、頬が緩む。じっと彼女を見ていると、三花は「あ」と目線をサンルームの天井に向ける。天井もガラス張りだ。

「今日の月、綺麗なんですよ」

俺も見上げる。さっき月は見たけれど、三花がそれを俺に教えてくれたことが嬉しかった。

彼女も素敵なものを俺と共有したく思ってくれたことが、とてもとても得難く幸福なことに思えたのだった。

師匠と銀座に出かけたのは、銀杏がすっかり散った晩秋のころだ。

「いやあ、すっかり買い物に付き合わせてしまって申し訳ないね。その上、松葉杖代わりまで」

師匠は買い物の途中、足が痛み歩けなくなってしまったのだ。顔に全く出ておらず、師匠の限界まで気が付けなかった。気合いで肉体を凌駕しようとする師匠の精神は健在だ。

「もう少し若ければ、これくらいなんともないのになあ！」

車を降りて数分、俺を松葉杖代わりにしている師匠がやけに溌溂と笑う。

「師匠はもう少し、ご自分の身体をいたわってください」

さすがに眉を下げ、苦笑しながら続けた。何しろ情緒面での親代わりだった人なので、つい表情が緩む。

「義之さんとの待ち合わせはどちらですか？」

「ああ、あそこだ。アフタヌーンティーをするとか言っていたね」

師匠の視線の先は、つい先日に三花と行ったアフタヌーンティーのカフェだ。

「この店、妻と来たことがあります。美味しかったですよ」

「そうか、それは楽しみだ」

入店するやいなや、義之さんがすっ飛んできた。

「桜子、また無理をしたのか」

「義之さん、申し訳ありません。師匠の異変に気が付かず」

「宗之くんが謝ることはないよ。わたしがやりすぎたのさ」

ふた言三言会話をしたあと、ふたりに挨拶をして店を出る。

このまま、三花へのクリスマスプレゼントを探しに行く予定だった。


翌週、三花から時計を贈られた。

俺がどれだけ浮かれたか、彼女は知らないだろう。

なのに、その日から薄くなりかけていた三花の氷が再び厚くなったように思う。

俺の実家が主催したパーティーで、それは浮き彫りになった。

いたしかたなく、仲睦まじく見せるためだけに氷の仮面に彫り付けられた笑顔。胸がさけるようにつらい。

そして三花が実家でどう扱われてきたかの片鱗にまた触れて、俺は三花を守りたいという気持ちをまた強くした。

酔った知人からの安い挑発に乗ってしまったのは、それらの出来事のせいだろう。

三花のこととなると冷静さのかけらもない。騎士のように膝をついて三花の手を取る。

俺の、氷の女王。

俺を見てほしい。その一心で見つめる彼女の瞳が、かすかに揺らぐ。

俺を拒否しているわけじゃない、と分かる。

じゃあなんで、また氷を厚くするんだ。離れようとするんだ。距離を取ろうとするんだ？

俺を見てくれ。

君を見せてくれ。俺は信頼するに値しない人間なのか。

こんなに感情が揺さぶられるのははじめてで戸惑う。

〝契約結婚〟なんかにしなければよかった。普通に夫婦として歩み寄ろうと提案すればよかった。婚約期間中も、たくさんふたりで会う機会を作ればよかった。

もしそうしていたら、君は今頃俺に少しくらいは笑ってくれていたんじゃないか。

心を開いてくれていたんじゃないか。

そんな〝たら〟と〝れば〟を何度も繰り返す。

人生ではじめて、俺は自分の決断を後悔していた。


東京に初雪が降った日のこと。

俺はランチミーティングを老舗ホテルのレストランで行ったあと、ひとり一階にあるカフェラウンジへ向かった。このカフェは、三花の会社から茶葉を仕入れているはずだ。

飲んで、感想でも言えば会話の糸口になるのかもと期待したのだった。

長いエスカレーターからは、ロビーとラウンジを一望できた。

嵌め殺しの窓から雪がちらちら降っているのが見える。すっかり葉を落とした銀杏と、冷たい中凛と咲く寒椿に雪片が積もる。すぐ溶けてしまうだろうけれど、この寒椿のように可憐な三花に会いたかった。一緒に雪を眺めたかった——と思っていたら、三花がいたような気がして目を凝らす。

「三花」

いた、と頬が緩んだ。どうしてここに？ 年末の挨拶回りだろうか。

彼女の目元が、きらりと煌めいた。泣いている？

エスカレーターはゆっくりと進む。駆け下りたくて仕方ない。俺の妻が泣いている。

だが目の前には仲良く手を繋いだ親子連れがいる。

息を吐き視線を彼女に戻した先で、三花の手が動く。彼女の手は向かいの男の手に触れた。

「——は？」

息が漏れる。向かいに男がいたことにようやく気が付いたのだ。

男のことは知っている。三花の秘書だ。

毎朝、俺の妻を迎えに来る男だ。

心臓が冷たい炎に包まれる。

テーブルの上には薔薇の花束がある。

三花は泣いていた。でも悲しい顔ではなかった。じゃあ何で、男に花なんかもらって泣くんだ？

全てがはじめての感情だった。収集がつかない。苦しい。俺の身体なのに思う通りに動かない。

そんな男に涙を見せるな。俺以外の男に！

エスカレーターが着くやいなや駆け出した。声をかけようとした瞬間に彼女は言う。

「離婚したほうがお互いのためにいいのよ」

ひゅうっと息を吸い、俺はこの感情がやはり恋なんかではなかったと気が付いた。

そうだ、これは。

「俺は、君を愛している」

愛だ。

三花は俺の腕の中でぽかんとしている。思ってもみなかったという顔をしている——俺は内心で昏《くら》く笑う。

君は思ってもなかったんだな。

俺がどれほど君に惹かれていたか、腕に閉じ込めたいと希っていたのか。

いいさ、これから嫌というほど知ってもらう。

はじめて欲しいと思った人だ。

絶対に逃がさない。


「……そうだったのか」

俺はさっきと同じカフェで三花と向かい合い、眉を下げて苦笑した。かすかに頬のあたりが熱い気がする。なんというか、勘違いがこんなに気恥ずかしいものだとは思っていなかった。何しろ騒ぎを聞きつけた支配人にまで謝罪されてしまった。

「吉岡さんにもよく伝えてくれ。本当にすまない」

さっきまでの苛烈な感情はまだ燻っていたけれど、なにより三花が俺から離れたいわけではないと知って安堵した。

「いいえ」

三花は困惑をその美しいかんばせに浮かべ、一瞬考える素ぶりをしたあと、きゅっと唇を引き結んだ。

「どうした?」

「こ……混乱しています。なにがなんだか、で。その」

こんなにしどろもどろな三花は初めて見た。俺はエスカレーターから三花を見かけたことを説明してから、姿勢を正し彼女を見つめる。

「君が花束を受け取って泣いているように見えたんだ。それで……本当に自分でも思考が飛躍しすぎていると思うんだが、プロポーズでもされているのかと」

「へ?」

三花がきょとんと俺を見る。俺は眉を下げ、目を逸らした。

「笑ってくれ。自分でもどうかしていたよ」

「あ、いえ……」

三花は目を丸くして俺をまじまじと見ている。その瞳は少し柔らかいものに見えて少しほっとする。そうしてそのまま口を動かした。

どうせもう『愛している』の言葉は聞かれているし、三花も本意が聞きたくて歯切れが悪いのだろう。

ごまかそうとは思わなかった。まあ、あれだけ明瞭に聞かれてしまっていてはごまかしたとしても効果はなさそうだ。出された紅茶で唇を湿らせ、口を開く。

「自分でもどうかして……と言ったけれど、それほど我を忘れて」

俺は一拍置いて言葉を続けた。

「そうしてはじめて、ようやく気が付いた。俺は君を愛しているって」

ひゅ、と三花が息を呑んだ。

瞬間に心が凍り付く。彼女の拒否を想像した。冷たい湖のような瞳で、そんなものは契約にないと言われることを連想した。

けれど実際は違った。

俺の眼前で、三花の瞳は揺らいでいた。明らかに、何らかの感情がそこに揺蕩《たゆた》っている。

「そう、ですか」

三花の声は震えていた。嫌悪でもない、拒否でもない。ただ悲しそうで寂しそうだった。何か我慢して耐えている声だった。

俺は席を立ち、彼女の横に立つ。心臓が高鳴って、耳の奥がぐわんぐわんうるさい。ここまで感情が高ぶるのがはじめてで、そんな身体の反応に戸惑った。

彼女の手を取り、そっと指先を包む。

「俺の気持ちを受け入れてくれないか」

「宗之さん、それは」

俺は三花の言葉を遮る。

「無理強いはしない。だが、まずは契約の撤回を考えてくれ」

「撤回？」

「婚前契約書。俺は君を愛してしまったから、あんな文書の通りにはもうふるまえない」

「む、宗之さん」

三花の頬が真っ赤になる。それを見て俺の胸がどれほど躍《おど》ったか。

「愛してる三花」

俺は彼女の手を離し、代わりにその艶やかな髪の毛をひとふさ、掬う。

「俺に落ちてくれ」

三花は身体を強張らせ、かわいらしい少し薄い耳朶を真っ赤にして目線を下げていた。表情だけは冷静さを装おうとしているのがいじらしい。ふ、と笑う。強烈な愛おしさで胸の奥が苦しい。

まさかこの俺が、こんなに誰かを愛おしく思う日が来るなんて。

三花の会社まで、車で送り届ける。助手席でおとなしくしていた三花は、会社の前で車を止めた俺に思いきった様子で「あの」と口を開いた。

「あの、でも、宗之さんは、他に……好きな人が、いらっしゃる……んじゃ」

「どうしてそんな勘違いを？　まさか、俺には君だけだ」

三花は目を見開き、それから「そうですか」と小さく呟く。そうしてまた、さっきのように唇を引き結んだ。何か我慢して、耐えるように。

おおかた、以前パーティーでされていたような噂をまた小耳にはさんだのかもしれない。内心舌打ちして、出所を確かめねばと決める。三花を不安にさせたくない。

「わ、かりました。あの、送ってくださってありがとうございます」

そう言って降りようとする三花の手首を掴む。

「あの、宗之さん？」

彼女の氷のような仮面は、もう半分砕けていた。俺が本音を伝えたからだろうか、その影響で動揺が続いているのだろう。

時間をおいては、きっと冷静な彼女は再びあの仮面を完璧なものにしてしまう。揺さぶり続けるしかない。俺は「ふむ」と考えてからそっと彼女を引き寄せる。

もう気持ちも全て伝えたのだから、遠慮の必要はないだろう。

「キスしてもいいだろうか」

「っえ、え、き、キス」

三花のクールだったはずの双眸が初心《うぶ》に揺れる。照れているのだと誰にだって分かる仕草だった。目元が赤い。

「契約書には性行為はしないとは書いてあるが、キスに関しては特に明記していない」

「それはそうですが」

三花は何度も目を瞬く。そのたびに見え隠れする美しい瞳は濡れている。半泣きというか、恥ずかしがっているのだと分かった。

「唇が嫌なら、頬にならいいか」

「ほ、頬くらいなら」

留学経験があるらしい三花は、それくらいならと思ったようだった。助手席にきちんと座りなおした彼女の肩を抱き、そっと頬に唇で触れる。

温かい。

俺の氷の女王は、ちっとも冷たくないな。

そう思いながら離れようとして、彼女の耳がさっき以上に真っ赤になっているのを見、衝動が身体を動かした。理性を感情が上回るなんて、三花は俺をどうにかしてしまう何かを持っているのだと思う。引き寄せて唇以外にキスを続ける。額に、こめかみに、鼻先に、頭に、そうして熱くなった耳にも。そのまま「愛してる」と囁く。

すっと離れると、呆然とした三花は頬どころか耳まで真っ赤にして俺を見上げている。

つい「ふ」と笑った。色白だから赤くなるのがすぐ分かるんだな。

「な、何ですか。頬だけだって……」

「いや、初心だなと思っただけだ」

「初心だなんて」

かああ、という擬音がついてしまいそうなくらい、彼女はさらに頬を染めている。

「かわいい」

口のそばにもう一度キスをすると三花は手で頬を押さえ、「失礼しますっ」と車を降りていった。俺はハンドルにもたれ、三花に好きになってもらうにはどうしたらいいのだろうと考える。あの反応を見ていると、どうやら嫌われてはいないようだけれど。

帰宅する途中、花屋を見つけて車を止める。

花を贈りたいと思った。他の男に贈られる前に——今日のことは勘違いだったけれど。

いくつもの種類のピンクの薔薇を一抱えもする花束にした。色鮮やかなものも、さっきの花束のような少しくすんだ色のものも。まとめると不思議なほど統一感があって綺麗になった。

「ただいま」

家に入るとまだ三花はいなかった。俺は彼女のためにサンルームの照明をつけヒーターを入れ暖める。猫脚のテーブルに花束を置き、クリーム色のソファに座り目を閉じて大切な人の帰宅を待つ。冬の夜はしんと冷えていた。

「……もどり、ました」

リビングのほうから緊張をはらむ声がして身体を起こす。

明かりに気がついたのだろう、サンルームを覗いた三花が花束を認め目を丸くした。

自然と俺の頬が緩む。

「おかえり」

「あの、その、それ」

「君に」

俺は立ち上がり、薔薇を彼女に押し付ける。

「三花。ホテルでもらっていた花は？」

「会社……執務室に飾りました」

「そうか」

大きすぎる花束を両手に抱えた三花は目を細め花を見つめている。かわいい。

「まるで花の妖精みたいだ」

「…………え？」

きょとんと三花が俺を見上げる。俺は彼女の頭にキスをして軽く抱き寄せながら
「妖精」と繰り返した。

「よ、ようせい……というのは」

三花は肩を強張らせ薔薇の花に鼻を寄せた。俺は三花のなめらかな頬を指先でくすぐる。

「Fairy《フェアリー》」

「私が……ですか？」

三花はそう言って目を瞬き、それからかすかに唇を上げた。

「まさか。ご存じですか、私、氷の女王なんて言われているんですよ」

どこか自嘲を感じ、首を傾げて彼女から薔薇を受け取りテーブルに置きなおした。

「それにしては、君はとても温かい」

「え」

俺は大股で彼女に近づき、正面からじっと見下ろす。手を握り、ふっと笑った。

「指先は冷たいな。でも」

つ、と指先で手のひらをくすぐり、手首を撫でる。ぴくっと三花が引こうとしたそれを引き寄せ、きゅっと抱きしめ頭に頬を寄せた。

「ほら、温かい」

そっと息を吐く。三花の甘い香りが、サンルームを満たす薔薇の香りと入り混じる。

ああ、どうにかなってしまいそうだ。心臓が暴れている。

「好きだ、三花」

「む、宗之さん」

「いいじゃないか、君は素敵だから。女王でも妖精でもお姫様でも」

「お姫……様？」

三花が目を瞬く。俺はそのかんばせを覗き込み、頬に唇を寄せた。

「そう。俺の女王様で、妖精で、お姫様」

息を呑む三花に囁いた。

「キスしたい。だめか」

「宗之さん」

三花の声が震える。戸惑いの中にたしかに感じられる甘さに歓喜で胸が打ち震える。

「三花」

名前を呼び、そっと唇を寄せた。三花は抵抗しなかった。

少しひんやりとした、柔らかな唇。吸い付くと頭の芯がくらくらした。

もっと貪りたい。もっと、もっと、もっと――三花の香りが理性を侵食していく。

唇を舌先で割り、三花の口内に進めた。温かで湿った三花の粘膜、少し薄い舌を絡めるとおびえたように縮こまる。俺は三花の後頭部を優しく撫でた。やがておずおずと彼女の舌が力を抜いた。俺は嬉しくておかしくなってしまいそうになりながら、彼女をさらに味わい貪った。

唇を離すと、とろんと蕩けた三花の瞳が眼前にある。口紅がかすかに乱れているのを指先で拭いてやりながら、身体の奥で欲求が大きくなっていくのを知覚する。

ああ、もっと三花が欲しい。

俺は彼女を抱き上げ、ソファに座らせた。羽のように軽いと思う。俺は片膝をソファに乗せ、彼女を閉じ込めるようにして顔を覗き込む。

混乱している三花の顔は、隠しようもないほどに赤かった。

「宗之さ、んんっ」

手を絡めソファの背に押し付け、再び唇を重ねる。わざと音が立つように、荒々しく貪る。

「んっ、んんっ……」

あえかな声が漏れる。その声さえも逃したくなくて、口内をあますところなく蹂躙《じゅうりん》する。歯列をなぞり、頬の粘膜を舐め上げ、口蓋をつつき、また舌を絡め合う。

唇を離すと、すっかり上気した顔の三花が見える。彼女の髪を耳にかけ、耳朶をくすぐった。

「んっ」

ぴくっと三花は初心なみじろぎをする。俺は耳にそっと口を寄せ、軽くキスを落とす。

はぁっ、と三花は息を吐き、それから「宗之さん」と責めるように俺を呼ぶ。

「せ、性的なことはしないとっ」

「君は耳がそんなふうにいやらしい器官だと思っているのか？」

あえてそんなふうな言葉を選ぶと、三花は「えっ」と肩を揺らした。

「俺は音を聞くための器官だと思っているんだがな」

言いながら耳の溝に舌を這わせる。繋いでいる三花の片手にぎゅっと力が入り、甘い声が漏れる。

「そ、それは」

三花の声がかすかに高い。俺は耳元で笑い、耳殻《じかく》を甘く噛む。

「あ、っ」

喘ぎと言ってもいいだろう、甘さと淫らさを含む声に嗜虐心《しぎゃくしん》がむくむくと湧き上がる。

もっともっとこの手で乱れさせたい。

同時に強く思うのは、彼女を腕の中に閉じ込めて、全てのものから守ってやりたいと願う身勝手な庇護欲だった。

「宗之、さ、ん……」

俺の身体でソファに閉じ込められ、どうすることもできない三花の首筋にキスを落とす。大袈裟なほど身体を震わせた三花の初心な仕草がたまらなく俺を煽る。

「三花、好きだ」

ちゅ、とその白い柔肌に吸い付いた。

「……っ、んっ」

普段は冷静で綺麗な声が、俺が彼女に触れるたび乱れ、薄氷のように美しい瞳が熱に揺蕩う。

ゆっくりと離れる。白い肌に咲いた花のような赤い跡にひどく情欲をかりたてられ、俺は自然とそこをべろりと舐める。

「っあ、宗之さん」

「好きだ」

俺はそう繰り返しながら首筋を舐め、鎖骨にたどり着く。カットソーから覗くそれはいやらしいものではないはずなのに、どうしてか俺を煽り立てる。

「三花……」

呼ぶ声がかすかに掠れた。鼻先で鎖骨をくすぐると、三花の顎が上がる。白い喉元が顕わになった。

三花といると俺はどんどんおかしくなってしまう。理性がボロボロこぼれ落ちて、ぐちゃぐちゃになる。

鎖骨を甘噛みすると、ひどく淫らに三花は身体を震えさせ、「や、っ」と声をあげる。濡れた声に知らず頬が上がった。

「荒っぽいほうが感じる？」

「か、感じてなんかっ」

顔を覗き込むと、真っ赤にとろとろになった三花が甘い顔で俺を睨む。睨むというより、睨みきれておらず、ただ眉を寄せただけ。つい笑うと、三花は困惑いっぱいに俺を見て口を開く。

「……宗之さんって、笑うんですか」

「笑うよ」

俺は三花の前髪をかきあげ、うっすらと汗ばんだ額にキスを落としながら言う。

「好きな女の前でくらいは、笑う」

びくっと三花の肩が揺れた。彼女の顔を覗き込むと、その瞳がかすかに寂しそうで困惑する。

「三花、何かあるなら……」

「な、何も。何も……ただ、極氷なんて言われてる人が……私に笑うなんて思ってもみなかったので……」

三花が珍しく口籠もりながら説明をし、納得いかないまでも頷いた。

何か三花の中に懸念があるのか。

俺の感情が信じられない、その理由が……俺はそれを教えてもらえるほどの信頼を、彼女から得てはいない。

それだけが厳然とした事実として俺と彼女の間に存在した。

「……なら、信じてもらえるよう尽くすしかないな」

俺が呟くと、三花はきょとんと首を傾げた。いつもの何倍もあどけない仕草に胸がかきむしられる。

俺は自分の中の情欲と戦いつつ、ゆっくりと身体を彼女から離す。名残惜しくて仕方ないけれど。

「三花、俺はもっと君が欲しい。だから婚前契約を破棄しよう。ずっと君といたいんだ」

髪をひとふさすくいそう言うと、彼女はハッとしたように身体を強張らせた。

「あ、の。薔薇、ありがとうございます、嬉しいです」

三花は細い声で言うと、花束を抱え俺から逃れるように立ち上がる。するりと指先を滑り落ちていくなめらかな髪の毛――そのまま彼女はぱたぱたとサンルームから出て行った。俺は指先で自分の唇を撫で、三花の感触を思い出す。愛おしさで胸の奥がほわほわと温かい。情欲は熱くたぎったままだが、必死で抑え込んだ。

三花に信頼してもらえるよう、距離を縮めたい。夫として頼ってもらえるように、感情を返してもらえるように。

俺はサンルームを足早に出ると階段を上がる三花に追いつき、彼女の手を取る。

「っ、む、宗之さん？」

「クリスマスマーケットに行かないか」

「クリスマスマーケット……？」

振り向いた彼女の首筋に浮かぶ、俺がつけた赤い跡に、独占欲のどこかが満たされる。

「ああ。ドイツでも、フランスでも、どこでもいいんだけれど。年末から、新婚旅行に行かないか。急かもしれないが」

「でも」

「仕事の都合はついていると吉岡さんから聞いているが」

さきほど自分からも謝罪をかねて連絡を取っていた。彼はかえって恐縮していて申し訳ないことをしたなと思う。何しろ思いきり睨んでしまっていたから。その彼から三花の年末年始の都合は聞いていた。クリスマス以降の仕事は調整可能だと返答が来ていたのだ。

「行ったことはあるか？」

「あ、まだ……」

「君の好きな雰囲気だと断言できる。ついでにあちらのアンティークショップを巡ってもいいだろうな。どうかな、たのしいと思うんだが」

自分のできる最大限の口説き文句だった。それでも渋る彼女にかすかに眉を下げると、三花はハッとした顔をしておずおずと頷く。

ガッツポーズなんて、生まれてはじめてしたいと思った。


三花の友人、西園寺梨々香が俺の会社を訪ねてきたのはその数日後のことだった。

「突然申し訳ありません。お忙しくなかったですか？」

「妻の友人の訪問を断るほどではありません」

応接セットに向かい合って座る。谷垣が淹れたコーヒーを口にして、「とはいえ」と西園寺さんは口を開く。

「お忙しいでしょうから、手短に。三花のことです」

それ以外に用事はないだろうから、俺は黙って続きを待ちコーヒーを味わう。

「あの子があああもかたくなになった原因をご存じですか？」

「いや」

彼女は手短に三花の過去について語った。両親によって奪われたバレエの主役の椅子。そして父の恋人への扱い、不倫三昧の兄。とうてい信用できない家族。

以前から、彼女の父と兄に思うところはあった。ただ、彼女は同情を欲していなかったからあれ以上追及はしなかったけれど、男性不信なところはあるのかもしれない。

「三花は本当はお姫様に憧れている、普通の女の子なんです、……ま、女の子というには大人かもしれませんが」

お姫様か。数日前の夜を思い返した。自嘲気味に自分を氷の女王だと評した三花。

ふと疑問に思う。

「なぜわざわざこんな話を？」

「あの子の王子様になってくれないかなと思ったんです。助けてあげてほしい」

そう言ったあと、彼女は続ける。

「うちの両親、わたしが小学一年生の時に離婚しているんです」

「そうですか」

「動じないですね。さすが極氷」

西園寺さんは笑い、コーヒーカップを優雅に傾ける。

「わたしと三花は幼稚園からの同級生なんです」

彼女たちが通っていた学校は、幼稚園から大学までのエスカレーター式女子校。中高等部の一般枠入試がない、完璧に純粋培養される閉ざされた箱庭だ。

「あんな学校で親が離婚するなんて、普通はないことなんです。母に引き取られて、苗字も変わって。みんな育ちがいいから、いじめなんてしておきません。ただ遠巻きにされるだけ……。でも、三花は違った。いつも通りに受け入れてくれた」

ひと呼吸置いて彼女はソーサーにカップを置く。

「わたしの負けん気の強い性格もあって、何となく浮いた状態は高等部卒業まで続きました。でも三花は私と友人でい続けました。きっとさりげなく、わたしと一定の距離を保つべきだと……下手をすれば教師からも忠告されたでしょうに。それどころか、全生徒からあこがれの的にされていた彼女は生徒会長に選出されたんですが、何とわたしを副会長に任命しました」

西園寺さんは目を伏せ笑う。

「わたしは守られました。三花の親友であることは、あの箱庭でそれだけの効力を持ちました。生徒会では彼女以外にも、気の置けない友人もできた。北里三花という庇護のもとで楽しい学園生活を送りました。でも、今……悔しいですが、わたしでは三花を守れない」

膝の上で彼女はきゅっと手を握った。

「そもそも三花があなたとの結婚を了承したのは、会社を守るためです。三花が情熱を注いだあの子の会社。学生時代に起業したから、わたしもそばで見ていたんです。すごく楽しそうで、部下たちにも慕われてて。けれど今も人質に取られているような状態です。何かあれば、あの会社は北里本家の会社に吸収合併されてしまうでしょう。三花のお父様やお兄様からすれば、三花のやっていることなんてお遊びでしかないんです」

西園寺さんは悔しそうに眉根を寄せた。

何かあれば……つまり、北里の家に不都合があれば、ということだ。要は俺と離婚して寒河江との協力関係にひびが入るなどのことだろう。そのために三花は〝人前では仲睦まじい夫婦〟であることを望んだし、数年は同居してくれと要請してきたのだ。

数年以内に自分で何とかする気だったのだろう。

頼ってくればいいのに、と胸が痛んだ。三花を責めたいのではなく、頼られない自分が情けない。

「わたしも今それなりの立場にいますが、北里本家に立ち向かえるほどの力はありません」

「だから俺に？」

「それだけじゃありません。あの子、きっとあなたに惹かれています。その、勝手にこんなこと言ったら怒られるかもしれないけれど」

カップをソーサーに置く。三花が俺に惹かれている？　動揺が指先に伝わりかすかにコーヒーが波打った。西園寺さんがふっと笑う。

「あなたも三花のこと大切に思ってくださってるでしょう」

「もちろん」

否定することではないので端的に返事をする。彼女は嬉しげに目を細め「よかった」と呟いた。

「あの子は幸せになるべきだもの」

俺は頷き、しっかりと西園寺さんの目を見た。

「三花は俺の妻です。何が何でも俺が守ります」

西園寺さんが帰ったあと、谷垣に命じ、三花の父である北里会長とのアポをとった。夜ならばと言われ了承したところ、指定されたのは銀座のクラブだった。

「やあやあ婿どの！　先にいただいていますよ」

ＶＩＰルームで俺に向かって、北里会長は重厚なグラスを上げた。シャンデリアの光がウイスキーと丸い氷を照らす。俺は会釈しながらボックス席に少し距離を取り座った。会長は左右にホステスを座らせ、満悦そうに肩を揺らす。そのうちのひとりは、品のある訪問着姿のいわゆる〝ママ〟だ。余裕たっぷりにあだっぽい視線を向け挨拶をしてきた彼女から、名刺だけは礼儀として受け取る。

「宗之くんはどんな女性が好みなのかね？　ここの女性は美人ぞろいだよ。彼女なんかひどくグラマラスなんだ、着物を着ているのがもったいないね」

ふふふ、と彼の横にいたママがさざ波のように笑う。会長の欲まみれの視線にも嫌悪感を出さないのはさすがプロとしか言えない。

「私の好みは妻だけですよ。ですのでホステスは結構です」

横に立っていた黒服が戸惑ったようにママを見て、彼女は「そうおっしゃるなら」と鷹揚に笑った。

「新婚は面白くないなあ」

つまらなさそうな会長に「単刀直入に」と視線を向ける。

「おお、何だね」

「三花の会社に手を出さないと誓ってもらえませんか」

「ほう」

会長は脚を組みなおし笑った。

「三花に泣きつかれたかね。まったく、女というのは」

「いえ。三花からは何も。これは私の勝手です」

三花を守りたいというエゴだ。

会長は不思議そうに眉を上げげた。

「あんな会社、あってもなくてもかまわないだろう。なぜ守る」

「三花の作ったものだからです。ゼロから一を作る苦労は、私には想像もつきません」

「古きを継ぐ苦労もある」

「一概に比べられるものではないと」

会長は鼻白んだ。

「なんだ、結局そんな話か。つまらん、たまにはハメを外してはどうかね。三花はつまらん女だろう？　ここの女性たちとは比べ物にならない」

そう言ってキャストの肩を組みニヤニヤと笑った。俺は嘆息し彼を見る。

「三花は最高の女性です。私にはもったいないほど」

会長と睨み合う。やがて会長は気まずそうに目を逸らした。

「お義父さん。もしあなたが三花の会社に手を出したならば」

「そうなったらなんだね」

「私は北里グループごと買収します」

一瞬ＶＩＰルームがしんとなった。目を丸くした会長が「は」と乾いた笑いを漏らす。

「は、ははは、は、まったく面白い冗談を」

「冗談ではありません。本気です」

北里会長はその瞳にかすかに怯えの色を滲ませた。ホステスたちはじっと息を殺している——俺はどんな顔をしてこの会話をしているんだろうな。会長はごくりと唾を呑む。

「ま、まさか、そんなこと」

「できます。まさか北里と寒河江が同規模だとは考えてはいませんよね」

「それは」

「あなたがた親子が……お義父さんとお義兄さんが漫然と〝古き〟を引き継いでいる間に、私は世界に打って出ました。私はあなたがたのようなボンクラとは違う」

古きを受け継ぎはした。けれどそれを何倍にも大きくしてきた。その自負がある。

「ぼ、ぼんくらあ？」

会長が目を丸くし、すぐに歯をむき出しにして何か言い返そうとした。それを遮り俺は続ける。

「あなたは三花の実力が全く分かっていないようなので。その程度のことも分からない経営者では、いずれ先細りでしょう」

俺は脚を組み、背筋を伸ばし彼を見据えた。

「ならば俺が使ってやるからよこせと言っているんです」

「き、貴様あ」

会長が立ち上がる。俺は半目でそれを見据えた。

「立場が分かっていないようですね。俺があなたに丁寧に接していたのは、三花の父親だからです」

鯉のように口をぱくぱくさせる会長に俺は言葉を続ける。

「さっきは〝よこせ〟と言いましたが、別に構わないのですよ。今この瞬間に、あなたから全てを奪っても」

立ち上がり、会長を睥睨《へいげい》した。

「お約束いただけますね？」

会長は無様な「ぐぬう」と返事のような、そうではないような、曖昧な鼻息を漏らしソファに座り込む。俺はそれを一瞥し「失礼」と踵を返し、ＶＩＰルームを出た。

脚を早め、車に向かって歩き出す。

とても三花に会いたかった。

もし宗之さんがあの溌溂とした女性と付き合っていたとして——私のことを「愛している」と言うからには、きっとあの女性とは別れたのだろうと思う。宗之さんが二股するような人ではないことくらいは、もう分かっていた。

だとすれば、私はあの日向みたいな人を日陰者にして、さらには彼を完璧に奪った。ずしんと胸が重くなるのに、彼といられる事実が嬉しくて、そんな自分が情けなくて。

はっきりしないのももどかしい。

そう、さっさと聞けばいいのだ。あの溌溂とした女性はあなたの何なのと、いつもの私のように表情を氷のように凍らせて尋ねればいい。答えをごまかすような人じゃない、すっきり端的に答えてくれるはずだ。

たとえ『付き合っていた。恋人だ』という返答であろうとも。

「……でも、まだ分からないわ。本当にあの人が宗之さんの恋人だったかなんて」

私の声が自室の浴室に響く。お湯には薔薇の香りのバスソルトをたっぷりと入れていた。

ここ最近の宗之さんの変化に心が騒めいてときめいて追いつかず、気分転換しようとしたのだった。

「でも、何でもないことのように答えられたら……どうしたら……」

私は薔薇の香りを吸い込みながら目を閉じる。

「ああ、もう別れたから心配するな」

なんてさらっと言われたら、そんな最低なことを私に向けるようになった笑顔で伝えられたら――私の父や兄のように最低な男なのだと、男はみな同じなのだと、そうまざまざと突きつけられたら。

恐ろしいのは、それでも私は彼を嫌いになれないと分かっているからだ。……宗之さんといると幸せで、満たされて、そして触れられると信じられないほどにときめいた。

そんな自分が悲しい。

目を開き、自分の唇に触れる。とたんにぽっと頬がひどく熱くなった。心臓が苦しい。

「ああ……」

私は呟く。

もうすっかり分かっていた。ずっと分かっていた。認めたくなかっただけで……私は彼を愛しているんだわ。

でも自分の浅ましさを自覚した今、この想いを簡単に伝えられないと思う。自分がひどく汚い人間になったような気がして、他人の幸福を足蹴にして幸せになろうとしているような、そんな気がして。私もただの女なのだ。

氷のように潔癖に清廉でいたかった。でもだめだった。恋に溺れると人は綺麗でいられない。現実をまざまざと見せつけられた。

お風呂上り、ぬるめのルイボスティーをグラスに注ぎサンルームに向かう。濡れた髪は軽くまとめていた。

オイルヒーターを入れ、ソファに座ってぼうっとする。空にくっきりと浮かぶ細い月の上に、木星がきらりと輝いている。

「ばかだわ、私」

ぽつりと呟いた。用事もないのにここに来るのは、今や宗之さんに会いたいからなのだった。ここにいたら、帰宅した彼が顔を出してくれるから。

私が私じゃないみたい。

そして、待っているのは会いたいからだけじゃない。

「はあ……」

ため息をつく。唇に触れて目を閉じた。私は彼に触れられたいのだ。

「なんて滑稽なんでしょう」

呟いて、ルイボスティーを飲み干した。

「ただいま」

お風呂から上がって、そう時間は経っていないはずだ。私はのろのろと顔を上げる。スーツ姿の彼を見て心臓が跳ねた。端正なまなざしはどこまでも美しい。その男性らしい手首には変わらず私が贈った時計があった。

「おかえりなさい」

声が震えていないかしら。表情は常のものを保てているかしら。

どきどきしながら宗之さんを見上げると、彼は優しく眉を下げ私に向かって微笑みかける。

「いい匂いだな」

そう言って私の髪に触れ、唇を落とす。まだ濡れていた髪はひんやりとしていると思う。

「風邪をひくぞ」

「大丈夫ですよ」

「乾かしてやろうか」

思いもよらない言葉に目を瞬く。彼はいいことを考えたと言わんばかりに目を細め「少し待っていろ」とサンルームを出ていく。私は少女のようにどきどきしながら彼を待つ。ああ、私はどうしてしまったのだろう。理性と感情と行動が全部ばらばらで、自分でも自分が分からない。

ややあって戻ってきた宗之さんは部屋着に着替えていた。相変わらず映画俳優のように決まっている。彼は私の頭を撫で、また優しく笑い、そっと私を抱き上げた。私は抵抗しない。本来ならばそうするべきだ。分かっているのにできない。

彼は私を一階にあるパウダールームに運ぶ。私も宗之さんも、自分の部屋の浴室を使うから、ここは一度も使ったことがない。けれどハウスキーパーによって綺麗に磨かれていた。

パウダールームの鏡に、宗之さんに抱き上げられた私が映る。思わず息を呑んだ。隠しきれない感情が、はっきりと顔に浮かんでいる。嬉しいと、幸せだと言わんばかりに頬を赤らめ、目元を綻ばせていた。

「ああ」

私は自分の顔を覆う。宗之さんはおかしい。私のことをめちゃくちゃにしてしまう。

「どうした？」

柔らかな低い声が頭の上から降ってくる。彼は私を抱き上げたまま、化粧台のそばにある籐《とう》の椅子に座った。そうしてさらさらと髪を撫でる。

「恥ずかしいんです」

そう答えながら、どうして私は彼の前で感情を出すことが嫌じゃないのだろうと不思議に思う。だめなのに。感情を出してはいけないのに。出したところで、ろくなことはないはずなのに……そろそろと手を顔の前から離す。鏡の中の宗之さんは、私が幸福そうにしているのがたまらなく嬉しいようだった。

よく分からない。

私に求められてきたのは、感情を出さない氷のような娘という役割だったから。

なのに、宗之さんはそうじゃない私を求めている……？

鏡の中で宗之さんと目が合う。彼は目を細め私の頭に唇を寄せ、引き出しに手を伸ばした。

取り出したドライヤーで、彼は私の髪を乾かしはじめる。

その音で会話がやむ。けれど彼の男性らしい指が、慣れていない様子で私の髪を乾かすのがどうにも心地よく、いつしか眠ってしまいそうになる。彼の肩口に頭を預けると、信じられないくらいの安心感に包まれる。

どきどき息苦しいほどなのに、こうしていると居心地がいいのは……私、彼に甘えているの？

私が？

信じられない思いでいっぱいなのに、撫でるように髪の毛を乾かされると、うっとりとした眠気に抵抗できない。

「かわいいな」

ドライヤーの音がやむやいなや、彼はそう言ってウトウトしていた私を抱きしめた。

ハッと目を瞬くと、宗之さんは私の頬にキスをする。

「人の髪を乾かすのなんてはじめてだ」

「……私も美容師以外の人に髪を乾かしてもらったのははじめてでした」

そう答えると宗之さんは私の頭に頬を寄せ、目を細める。

「一緒に眠りたいな。だめだろうか」

「……でも」

「契約がある限り、手は出さないから心配するな」

私はどうしたいのだろう。あんな契約、破棄してしまいたいのだろうか。でもそれは私のあさましい恋心のせいだと思うと、とたんに答えは出なくなる。

誰かを傷つけて足蹴にしてまで得た幸福は、本当の幸せなのだろうか。

溌溂とした女性の笑顔が瞼に浮かび、そのことを聞きたくなって、でもこれ以上自分の汚さに直面したくなくて、私はそっと首を振る。

宗之さんは「そうか」と少し寂しげに笑う。ずきんと心臓が痛み、断ったのは私なのに泣きそうな気分になった。

SNSにも会社にも相変わらず嫌がらせが続いていた。直接的な接触はなかったものの、投稿される文章は、差出人がかつて宗之さんと交際していたことと、まだ恋心を抱いていることと、私に奪われたと、盗まれたと確信していることが伝わっていた。

どうしても思い浮かぶのはあの溌溂とした女性。私はあの笑顔を奪ってしまったのだろうか……。

「社長、そろそろ何かしら対処されませんと、エスカレートしてきていますよ」

吉岡の言葉に私はどう返すべきか判断がつかなかった。

そろそろ決断すべきだ――というのは分かっている。

「会社の口コミにまで社長についての書き込みが始まっています。脅迫ともとれる文章も増えてきました。それどころか、今回は隠し撮りされた写真まで送られてきたのですよ！」

吉岡は私のデスクに並べられた隠し撮り写真を一瞥し、眉間のしわを深くした。数日前、会社に入るところのものだ。私はそれを見ながらふうと深く息を吐く。

「そう、ね」

思ったよりもか細い声になり、内心で気合を入れなおす。気弱なところを部下に見せて、不安にさせてはいけない。吉岡はぐっと唇を噛む。

「このままでは、本当に社長に危害が加えられかねません。せめて旦那様に相談をされてはいかがでしょう」

私はハッと顔を上げた。

「大丈夫よ」

声が強張ってしまった自覚はある。けれど止められなかった。吉岡は私の顔をまじまじと観察するように見つめる。私はそっと目を閉じ、氷をイメージした。大丈夫、感情は顔に出ていないはずよ。

クールに努めよう、感情に振り回されないように。

そう思っていたのに、帰宅するなり渋面の宗之さんに出迎えられた。サンルームではなく、リビングで腕を組んで立っていたのだ。

「何ですか」

宗之さんは単純に怒っているのとはまた違うようだった。そんな感情的な雰囲気にたじろぎそうになりつつ、しいて顔に出さぬようすまし顔を張り付ける。

「それは俺の台詞《せりふ》だ」

珍しく言い返してきた彼はこちらに近づいてきてじっと私を見下ろす。表情は陰になってよく読めない。クールなはずの瞳が感情的に細められていた。この人がこんなに激情を表に出すなんて――〝極氷〟寒河江宗之が？

「嫌がらせをされていたそうだな」

「いいえ？」

反射的に否定の言葉が口をついた。一体どこで知ったの？　まさかあの女性から？

肋骨の奥が痛い。心臓に刺さった氷柱のような感情の正体がようやく分かった。嫉妬だ。私、あの人に嫉妬しているんだ……。

「三花」

宗之さんは眉根を強く寄せた。目を逸らしたくなるのを必死に耐える。

「どうして俺に言わなかった？　そんなに俺は頼りないか」

「ですから嫌がらせなんてされていません」

だってそれを認めたら、あの人はどんな目に遭ってしまうの。

宗之さんはため息を吐き前髪をかき上げた。

「吉岡さんから聞いている。コピーも全て受け取った」

思わず息をハッと吐き出した。軽い混乱に襲われる。かまをかけられたのではなく、全て知られていた……。どう反応すべき？　あの溌溂とした女性を守りたいと思う。

私のあさましい嫉妬のせめてものつぐないだ。

「いい加減に認めろ。俺に君を守らせてくれ」

「嫌です。自分で対処できます」

「何もしようとしていないと聞いた。心配で気が狂いそうだ」

彼がぐっと奥歯をかみしめたのが分かった。とたんに泣きそうになる。何でそんなことを言うの、私が大切みたいな顔をしてそんなことを言うの。瞬間、感情があらぶって止められなくなる。必死でそれを抑え込み、きっと彼を睨んだ。

「そもそもあなたのせいでしょう……っ」

そうだ、あなたのせい。悲しくて寂しくて彼を責め立てたい気分になる。

「きちんとあなたが彼女に伝えておかなかったのが原因なのでは？　妻との結婚はただの契約結婚で愛しているのは君だけだと」

「……三花？」

宗之さんがかすかに動揺しているのが分かる。何だか泣き笑いしそうになりつつも、いつもの私、クールな氷の女王を意識しつつ言葉を続ける。

「その上に、何を思ったのか私のことを愛しているだなんて……どう別れを告げたのですか。そんなの、彼女だって怒るに決まっているでしょう。ああ、お手を煩わせずとも私のことは私で何とかしますから」

「待て」

宗之さんは言葉を遮り私の手を掴む。

「何です」

「何の話だ、さっきから……俺に愛人がいるような言い方のように聞こえるんだが」

困惑を顔に張り付ける彼に、私は「恋人」と言い換えた。

「私たちが契約結婚である以上、通常の愛人とはまた一線を画すべきなのではないかと」

「いない」

宗之さんはそう断言する。

「結婚前から、君と並行して付き合っていた女性なんかいない。愛しているのは君だけだ」

埒《らち》が明かない。私はあきらめ、覚悟を決めた。真実を知ることは、とても怖いのだけれど仕方ない……。

「……あの女性は何だったんです」

「あの女性とは？」

私は嘆息し、あの日見た溌溂とした女性について話す。一瞬ぽかんとした宗之さんの顔色が変わる。こんなにさあっと変わるのだとこんな時なのに目を瞠ってしまった。

「違う。まさかそんな誤解を……見られているとは、じゃない。やましいことなんかひとつもない」

私は小さく首を傾げた。思っていた反応と違いすぎて思考が停止してしまったのだ。

「あの人は俺の剣道の師匠だ」

「師匠？」

想定外の答えにオウム返ししてしまう。宗之さんは頷き、そのまま私を抱きしめた。

スーツのひんやりした感触に、彼が暖房も入れず私の帰宅を待っていたのだと知った。

「であると同時に、俺の叔父の婚約者でもある」

「叔父様の婚約者」

また繰り返した。師匠で、叔父様の婚約者？　彼の叔父については知っていた。敏腕経営者として名前が知られているし。……でも。

「し、師匠というには……あの方は、お若いのでは。宗之さんとそう変わらない年齢に見えました」

「あの人は小柄で若く見えるからな。年齢は四十代後半だ」

ぽかんとする私に宗之さんは言葉を続けた。

「師匠は今足首の靭帯を怪我していてリハビリ中なんだ。あの日は叔父のところに送っていく最中、足が痛んで歩けなくなってしまって、それで支えていただけなんだ」

「……え、っ」

身体を強張らせ彼を見上げる。……彼がくだらない嘘をつくような人じゃないことは分かっている。なら、これは真実だ。

宗之さんは私の頬を撫でながら「すまない」と繰り返した。

「誤解させてしまって申し訳ないことをした」

「い、え」

声がかすかに震えてしまった。だってひどい勘違いを……。

「こちらこそ、申し訳……ありません」

「いや。……もしかして俺を受け入れてくれなかった理由は、それか」

私はきゅっと唇をかみしめた。ハッとした彼は「本当に？」と私の顔を覗き込む。

「それは……」

「他にも気がかりなことがあるなら言ってくれ」

宗之さんのまっすぐな瞳は、真摯に私をとらえていた。

「不安がなくなるくらい愛し尽くす自信があるから」

感情が荒波のようにぐわっと高まって、同時に肋骨の奥にあった氷柱や氷がぶわりと溶けた気がした。頬が濡れていて何かと思えば、宗之さんが優しく何度も指の腹で撫でてくれた。

「三花、泣くな。愛してる。君だけだ」

宗之さんの掠れ気味の低い声が、ひどく甘くなる。私を甘やかす声が優しく鼓膜を揺らした。ぽろぽろと涙がこぼれて止まらない。

彼は私を抱き上げ、サンルームに向かう。オイルヒーターをつけ私を抱いたままソファに座った。彼の膝の上に座らされ、きゅっとその逞しい腕に閉じ込められる。

「ご、めんなさい」

小さく声を出した。

「私、失礼な勘違いをしてました」

「いや、気軽に聞けるほどの信頼を得ていなかった俺が悪い」

「あなたは悪くないんです。ただ、私が」

私はしどろもどろに、感情のままに、訥々と順番もめちゃくちゃに思い浮かんだまま今まで抱えてきたことを吐露した。父のこと母のこと。感情を出す娘はいらない、北里の娘としてふさわしくないと言われたこと。信用できない兄のこと。ここまで感情を顕わにするなんて生まれてはじめてだった。梨々香にすらここまで全てをさらけ出したことはない。

けれど安心する体温に、私を甘やかしてしまう温もりに、ついつい心がほどけてしまって。

「誤解させて苦しめてしまって本当にすまない。しかもひとりで耐えさせて——頑張ったな、三花」

宗之さんは私の頭に頬を寄せ、後頭部を撫でて言う。

「これからは俺に頼ってくれ。一緒に支えあっていこう。夫婦なんだ」

その言葉にさらに涙が出て苦しい。

「なあ、三花。さっき君は〝北里の娘〟と言ったけれど、君はもうそんな存在じゃない。俺の妻だ、〝寒河江三花〟なんだ」

目を瞠る。視界の宗之さんは涙で滲んで見えた。何か言おうとするのに、しゃくりあげてしまって言葉にならない。

「これからは必ず守るから、どうか俺を頼ってほしい」

彼はそう言って、私の頭やこめかみにキスを落とす。顔を上げると、頬を包まれ唇に触れるだけのキスをされた。少し離れて見つめあうと、宗之さんは幸福そうに目を細める。

「ずっと考えていたんだ。こんなふうに三花に甘えられたら、どんなに幸せだろうかと」

後頭部を押され、彼の肩口に優しく押し付けられた。そのまま髪の毛を梳くように撫でられる。彼の穏やかな呼吸を感じる私の頭にほおずりをして、彼は口を開いた。

「三花。教えてほしい」

視線を上げると、嘘みたいな表情を浮かべた彼と目が合う。心細そうにかすかに微笑んだ、自信のない面持ちだった。

「宗之さん……？」

「君のことを愛していると確信してから、君に触れるたびに期待の交じった予想を抱くようになってしまったんだ。君も俺を愛してくれているんじゃないかって」

ぴくっと肩を揺らし彼の揺れる瞳を見つめる。

「俺の思い上がりやうぬぼれでないと信じさせてくれ」

信じさせる、だなんて。〝極氷〟の口から出たとは思えない言葉……。

「私……」

宗之さんは覚悟を決めるかのように私を抱きしめなおす。優しくというより、縋りつくようにかき抱かれた。彼の心音が聞こえる、どっどっと、強すぎるほどの音は彼が緊張しているその証左。

「……宗之さんも緊張するなんてことあるんですね」

「人生で一番緊張している」

苦笑交じりに言う彼の唇に自分からキスをする。恥ずかしすぎてすぐに離れ、顔を両手で覆った。宗之さんはしばらく硬直したあと、大きく大きく息を吐いた。

「なあ三花。言葉でも欲しい」

「恥ずかしいです、無理」

「手も外してくれ。顔が見たい」

「嫌です」

「三花」

私を甘やかす蜂蜜みたいな甘い声が落ちてくる。泣きそうになりながら手を離せば、蕩ける微笑みを浮かべた宗之さんと目が合う。彼は私の目元にキスを落とし「かわいい」と目を細める。

「とてもかわいいな、君は」

「そ、そんなこと」

「ある。俺のお姫様」

そんなふうに言われると、どんな顔をすればいいのか、どう反応すればいいのか、なにも分からなくなってしまう。

「愛してる」

何度も唇に触れるだけのキスが繰り返される。目の奥がひどく熱くて。止まりかけていた涙がまたあふれ出る。

「頼む。三花」

優しく言われ、切なさとときめきでどうしようもなくなる。

「私も」

何とか出した声はか細く震えていた。

「私も好き、大好きです……いつのまにか、本当にいつの瞬間か分からないんです。でも私、あなたに恋していたの」

うん、と宗之さんは目元を緩ませ私の涙を指先で拭う。

「俺も同じだ。いつの間にか君に心を奪われていたんだ」

「恋って難しいですね」

「そうだな」

至近距離で顔を見合わせたまま、私たちは笑いあう。その合間にキスを重ね、手を繋ぎ、抱きしめあい、額を重ね幸福をわかちあう。

あったかいな、と思った。

この人はとても温かい……。

そうしているうちに、ようやく気が付いた。

「あの、宗之さん」

「どうした？」

くすぐるような声に思考を放棄してしまいそうになりながら、私は顔を上げる。とたんに甘やかなまなざしに心を蕩かせかけるのをぐっと我慢し、口を開いた。

「私、嫌がらせは宗之さんの恋人がしたことだと思っていたんです」

「いないけどな。俺にいるのはかわいい妻だけ」

指を絡ませた左手を持ち上げ、彼は私の指に唇を落とす。結婚指輪が嵌まった薬指だ。

「あ……」

「はは、真っ赤だ。本当に初心だな」

かわいい、と言いながら宗之さんは私を何度も繰り返し抱きしめた。

「というか、話を統合すると君は犯人をかばおうとしていたよな。どれだけ人がいいんだ」

「そんなつもりではありません」

「あるだろ？　まあ多分、そういうところが君が部下たちに慕われる所以なんだろうな」

そう言われて胸のあたりがキュッとした。そんなふうに褒められるのははじめてだった。私は照れをごまかすように咳払いをして続けた。

「とにかく、全部私の独り相撲でした。ということは、あの手紙や嫌がらせは一体誰の仕業かというのが気になるのです」

そう言うと、宗之さんは深く息を吐いた。

「知らなかったとはいえ、君には苦労をかけた。実は俺にも心当たりがあるんだ」

「え？」

顔を上げると、「すまない」と宗之さんは私の頬を撫でた。

「そんな顔をするな」

私は自分の頬を手で撫でた。一体、どんな顔をして……でも一瞬、元恋人などの存在を想像してしまったのだ。きっと感情を丸出しに、切ない顔でもしていたのだろう。

少し前の私なら、そんなみっともないこと……と思ったはずだ。けれど、彼が私をくるんと包むように大切にしてくれるから、恥ずかしいけれど、自分を見苦しいとまでは思わなかった。

「愛してる。何度も言っているように俺には君だけだ」

そう言ってから、イギリス留学時代につきまとわれていた話を聞き目を丸くする。

「そんなことが……」

「グループミーティングと聞かされて行ってみたら彼女しかいなかったこともあった。たしか老舗ホテルのアフタヌーンティーだ。本人としてはサプライズデートのつもりだったらしい」

「ああ、それでアフタヌーンティーの意匠の手紙が……」

「恐らくはな。害はないと放置していたが、君に接触しようとしているなら話は別だ。こちらで対処する」

「お忙しいのに申し訳ないです。そういうことであれば、私のほうで弁護士に連絡をして対処いたします」

何しろあの溌溂とした女性……師匠らしい、あの人に遠慮していただけなのだから、そうではないと分かればためらうことはない。

「君からも動いてもらったほうがいいとは思うが」

そう言って彼は私の髪の毛をひとふさすくい、そこに唇を押し当てた。

「必ず守る」

その瞳に嘘はない。微笑んで頷くと、唇が重なった。


クリスマスマーケットとは、ちょうどアドベントの時期……つまり十一月の終わりごろからクリスマスイブにかけて行われている伝統的なお祭りだ。屋外の広場に出店や移動遊園地がやってきて、クリスマスに向けた買い物や、屋台での飲食、あるいは単純にお祭りを楽しむイベントで、最近は日本でもこの時期になると見かけるようになってきた。

今回宗之さんの誘いでやってきたのは、スイス北東部にある街でのものだった。

「わあ……！」

広場の中央に設置された大きなモミの木には、金一色で豪華な装飾が施されていた。すっかり暗くなった空に輝く電飾をはじめ、リボンやガラス製の丸いオーナメントも上品なゴールドで統一されている。

「綺麗」

分厚い真っ白なコートを着込んで呟いた声は、白い息と一緒にキンと冷えた空気に霧散していく。

「寒くないか？」

横から宗之さんに肩を抱き寄せられ、こくんと頷いた。彼もまた、真冬のスイスにふさわしい厚手のコートを着ている。何しろ気温は氷点下だ。コートの下には、冬用のワンピースとタイツ。

今日はクリスマス当日、マーケットは最終日だ。宗之さんは吉岡とどう話したのか、気が付けば私は年末年始、かなり長い休みを取ることになっていた。

『社長は会社設立以来、正月だろうと夏だろうと、ろくに長期休暇を取られていないんですから』

と過保護に説得され、今回はみなに甘えることにした。とはいえ、少しは持ち帰り仕事があるのだけれど、それはそれ。三十日までをここスイスで過ごしたあと、新年はロンドンでいくつかパーティーに出席する予定になっていた。

辺りを見回すと、おとぎ話に出てくるような中世的な街並みが幻想的にライトアップされている。屋根に雪が積もった木組みと漆喰のドールハウスのような家には、落ち着いた色彩の壁画が描かれている。

『雰囲気としては、〝貴婦人と一角獣〟に近いかな』

壁画を目にした宗之さんに言われ頷いた。中世の宗教画風の色彩と描き方だ。

遠くを見れば、石造りの塔がかわいらしい教会も見える。ほのかにオレンジ色の街灯がそんな童話のような街並みをふんわりと照らしていた。

到着するなり歓声をあげた私に『君が好きそうだなと思って』と宗之さんははにかんで教えてくれたけれど、その通りだ。こんなかわいらしい街、あますところなく見て回りたい。

「ありがとうございます、宗之さん。こんなかわいい街に連れてきてくださって」

宗之さんは何も答えず、そっと私のこめかみにキスを落とした。

冷えて清廉な空気の中、楽しげなざわめきと軽快な音楽が聞こえてくる。ドイツ語圏ということもあり、出店に並ぶ飲食物はドイツ風のものが多い。

宗之さんと温かなグリューワインを買い、並んで飲みながら歩く。真っ赤なマグには雪だるまが描かれていてとてもかわいい。

蜂蜜やオレンジ、リンゴを加えた甘い赤ワインに、クローブやシナモンといったスパイスが効いており、身体の芯からぽかぽかと温まる。

「ああ、踊りだしてしまいそう」

聞こえてくるアコーディオンの音に胸が躍る。

「踊ったらいい」

宗之さんは広場で楽しげに踊る人の輪を見て笑う。

「ふふ、恥ずかしいです」

「そうか。じゃああとでふたりで踊ろうか」

私はきょとんとしてから笑って頷いた。宗之さんもそんな冗談を言うのね。

屋台でウインナーと砂糖をまぶした揚げパンのようなものを買い、お腹いっぱいになった私たちはかわいい小物の出店を見てそぞろ歩く。

「わあ、かわいい人形。ああ、こっちにも」

アンティークではなく新しいものがほとんどだったけれど、どれもこれもかわいらしくて、寒さも忘れ、買えるだけ買い込んでしまう。主にいつも通り、小さいサイズの陶器人形だ。

同じ店で小花模様が刺繍された赤いリボンを宗之さんは買い求め、私の髪に器用に結んだ。

「こんなかわいらしいもの、似合わない気がします」

「まさか。君は世界一かわいいんだから似合うに決まってる」

当たり前のことを、と言わんばかりにさらりと言われ、頬がほんのり熱くなる。ふ、と宗之さんは笑って私の髪にキスを落とした。出店の店主にスイスなまりのドイツ語でからかわれ、頬が熱さを増した。

「ああ、楽しかったです」

石畳の上を彼と並んで歩きながら頬を緩めた。

「本当に誘ってくださってありがとうございました」

「いや、楽しんでくれてよかった」

荷物のほとんどを持ってくれた宗之さんは、私の右手をしっかりと握ってほんの少し頬を上げた。私は彼を見上げ、首を傾げる。

「あの、でも私だけ楽しんでしまって……宗之さんはいいのですか。何かやりたいことありませんか」

「俺？　俺は君といるだけで最高に楽しいし幸せだ」

そんなことをあっさりと言う。私は何だか泣きそうになる。幸せで、だ。

そんな幸福に浸っているのに、吹いてくるひんやりとした風に「くしゅん」とくしゃみをしてしまった。宗之さんが私を見下ろし目を丸くする。

「な、何ですか？」

「いや。君、くしゃみまでかわいいんだな」

「くしゃみがかわいいはずありません……！」

そう言うと、宗之さんは楽しげに肩を揺らす。

「やはり冷えているな。そろそろ向かおうか」

「あ、ホテルですか」

空港から荷物は直接そちらに届けられているはずだ。

私は内心どきどきしていた。というのも、果たして同じ部屋をとっているのか、それとも別の部屋なのか分からないのだ。全て宗之さんが手配してくれたから……。

いちおう、まだ婚前契約自体は破棄されていない。いずれ新しく作り直したほうが、とは考えているのだけれど、あれ以来話題にのぼらない。

宗之さんは柔らかに目元を下げた。

「ホテルというか、城だ」

「……お城、ですか？」

「ああ。今回は城にしたんだ」

私はものすごくキョトンとした顔をしていたと思う。城って、あのお城？　頭に浮かんだのはテーマパークにある、おとぎ話に出てくるようなお城だったのだけれど、まさかスイスにそんなものあるはずがない。

彼に手を引かれるまま広場の先に向かうと、黒塗りのセダンが待っていた。降りてきた運転手に宗之さんは流ちょうなドイツ語で挨拶を交わした。

「ようこそいらっしゃいました、奥様」

「え、ええ……」

何が何だか分からない。ぽかんとしていると後部座席のドアが開かれる。とりあえず座ると、暖房がきいて暖かくてホッとした。座席もヒーターが入っているのか温かい。しっかりとしたブーツを履いていたけれど、足の指先まで冷え切っていたようだった。

「驚かせたくて秘密にしていたんだ。すまなかったな」

隣に座った宗之さんに言われ、私は目を瞬く。

「今日の宿泊先がお城だってことですか？」

宗之さんが唇をいたずらっぽく上げて、私は内心で飛び上がる。お城に泊まったことなんて、今まで一度もない！

やがて車は市街地を抜け、五分ほど走って小高い丘の上に停車した。

「わあ……」

私は車の窓越しに、雪の積もった茶色い石造りの古城を見て目を瞬く。ドイツ風なのだろうか。

「もともとは十五世紀ごろに建てられたものなんだ。何度か改修をして、いろいろな人の手を渡ってきたのだけれど、バブルのころに祖父が何かのついでに買収したらしい」

宗之さんが淡々と説明してくれた。開かれた門扉を通り、車はポーチへと進む。

「お義祖父様が？」

ああ、と宗之さんが返事をするのと、車が止まるのは同時だった。すぐさまお城の扉が開かれ、中から現れた執事服を着た男性が上品な所作で車のドアを開く。冷気に軽く身体を揺らした。

宗之さんにエスコートされて車を降り、執事服の男性にもお礼を言った。

「幻想的なお城……」

つい感想を漏らしつつ、お城の中に足を踏み入れた。室内は暖房が入っていて、とても暖かだ。玄関ホールの天井には豪奢なシャンデリアがきらめいている。裾の長いメイド服の女性に促されコートを預けると、一息ついた心地になった。

「祖父はこの城の引き継ぎ先を探していたのだけれど、この辺りはそう観光地というわけではないから、なかなか買い手がつかなかったようだ。俺も存在は知っていたんだが、思い出したのは君のアンティーク趣味を知ってからだ。祖父にかけあい買わせてもらった。気に入ってもらえるかと、改修なんかを急がせていたんだ。間に合ってよかった」

宗之さんがコートを脱ぎながら説明を続ける。

私のためにこのお城を引き継いだ……というより、買い取ったという宗之さんの言葉に目を丸くする。

「わ、たしのため？」

「……趣味じゃなかったか？」

私はぶんぶんと首を振る。

「とんでもない。とっても素敵です。あの、天井のレリーフも天井画も、当時のものでしょうか」

「ああ。断熱や水回りなんかは最新のものになっているが、その他は当時の意匠を最大限に生かした改修になっているはずだ」

頷きながら玄関ホールを見上げた。シャンデリアに照らされたアーチ形の天井には聖書の内容とおぼしき絵画が描かれている。青い服の女性は聖母マリアか。

……この古城、アンティークというより、もはや歴史的資料と言ってもいいかもしれない。

「君に贈りたい」

めちゃくちゃさらっと言われ、聞き逃すところだった。私は目線を宗之さんに移し、

「ん？」と首を傾げた。

「いま、なんと」

「この城は君へのプレゼントだ」

絶句して宗之さんを見つめる。彼ははにかんだようにまなざしを和らげる。

「最初、君に猫の人形を贈っただろう？」

「はい。とってもかわいらしい、ペルシャ猫の」

「ああ。その時の君の笑顔があまりに魅力的すぎて、忘れられないんだ」

私はじっと彼を見返す。褒めてもらいたいとその端正なかんばせにしっかりと書いてある。

なんだか、耳やしっぽが見える気にさえなってきた。おっきなわんちゃんみたいに私を見ている彼は、本当にあの〝極氷〟なの？

「あの、でも、お城はさすがにいただけません」

「なぜ。君のものなのに」

心底不思議そうな表情の彼と押し問答をしていると、さっきの執事服の男性と目が合った。宗之さんも気が付いたようで、彼を紹介してくれた。やはり執事で間違いないようだ。

挨拶をしていると、スツールと暖かそうなルームシューズが用意される。ありがたく使わせてもらいブーツを脱ぎ、開放感で小さく息を吐いた。

「寝室にご案内いたします」

「ええ、ありがとう」

ドイツ語で答え、お城のプレゼントを了承するかはとりあえず置いておいて、寝室に向かう。絨毯が敷き詰められた廊下は、ところどころに出窓があり、街並みを一望できた。

クリスマスマーケットの暖かな光で、街は幻想的にぼんやりと浮かんで見える。

寝室は三階の奥にあった。絨毯は落ち着きのある上品なブルー、家具は全てアンティークで統一されていた。天蓋のある大きなベッドは、シーツも布団も全て白。レーシーで肌触りのよい素材が使われているようだ。

「かわいい……」

思わず呟く。まるで童話の世界の、お姫様の部屋。

「お疲れでしょうから、城内の案内はまた明日に。軽食はお持ちしますか？」

「俺はいい。三花は？」

私は寝室内のテーブルにドリンクセットを認め、首を振る。

「私も大丈夫です」

「かしこまりました。何かあればすぐお知らせください」

そう朗らかに言って執事は部屋を出て行く。

私はぐるりと広い寝室を見渡した。

視線に気が付き、私は宗之さんを見上げにこっと笑う。

「とっても嬉しいです。ありがとうございます」

この部屋が、私のためだけにしつらえられたのがひとめで分かる。まあ、さすがにいただけないけれど！

「三花。まだ少し頑張れそうか？　疲れた？」

「え？　いえ、大丈夫ですが」

そうか、と宗之さんは眉を下げ頬を緩める。

「休む前に、少し付き合ってほしい場所があるんだ」

首を傾げつつも頷き、宗之さんに続いて寝室の奥にある扉を開く。

「あら、キッチン」

古めかしいお城の中にあるとは思えない、近代的なダイニングキッチンだ。床は大理石で、冷蔵庫やパントリーもある。ここだけ見ればマンションの一室とでも思ってしまいそう。

どうやらこのお城、本当に別荘として改修しなおしたようだった。……だからって「じゃあいただきます」とはなれない。何しろ歴史のあるお城だ。

さらに続く扉を開くと、今度はまた中世風の世界観に戻った。大きな出窓からは街の明かりがほのかに見えている。どうやら雪が降りだしたようで、ふわふわと雪片が窓の外を舞っていた。

照明は最低限に落とされた洋室の中、ひときわ目立つのは美しい彫刻が施されたマントルピースだ。暖炉では綺麗な炎が赤々と燃えている。

「わあ……！」

暖炉に近づくととても暖かい。ぱちぱちと火のはぜる音が耳に心地よい。

「座ってくれ」

どうやら目的地はここだったようで、私は暖炉の前の大きなソファにそっと腰かけた。足が暖かい。

と、横に何かあるのに気が付き近づいた。クマのぬいぐるみ？

「あら、この子……」

どこかで見たことがある、と考え、すぐに思い出した。秋ごろの宗之さんに連れていってもらった紹介制のアンティークショップのテディベアだ。かわいかったけれど、二十六歳にもなってぬいぐるみだなんて、と気後れしたのだった。

「こっそり買っておいたんだ。それを抱いていた君があまりにかわいらしかったから」

私は目を瞬き、頬を緩めながらぬいぐるみを抱き上げた。抱き心地のいい、しっかりとしたつくりのアンティークのクマだ。

あの時も、私のこと、ちゃんと見ていてくれたんだ。そう思うと、ほんのりと心臓のあたりが温かい。

「いいんでしょうか……」

テディベアの顔を覗き込むと、ガラスボタンの瞳と目が合う。かわいらしくてそっと頭を撫でた。お店にいた時は首にリボンが巻いてあっただけだけれど、今はたっぷりとした真っ白でふわふわのケープを着せられている。

「ふふ、かわいい。お着替えさせてもらったのね」

「城を贈った時より嬉しそうだ」

「お城は受け取っていませんからね」

そう返しつつ、テディベアを再び抱きしめなおして宗之さんに向かって微笑む。

「この子、ありがとうございました。クリスマスプレゼントですよね。とっても嬉しいです」

「よかった」

宗之さんは横に座り、私をぬいぐるみごと抱きしめ、頭にキスを落としてくる。

そのままふたり並んで暖炉の炎を見つめた。ぱち、ぱち、と木がはぜる音が眠気を誘う。暖炉だけでなく、壁にヒーターが埋め込んであるらしく、外は雪だというのに寒さを全く感じない。ほかほかと心地のよい宗之さんの体温に包まれ、今にも瞼が落ちてしまいそうだった。

「気持ちがいい。寝てしまいそうです」

「寝てもいいが、少しだけ」

彼は立ち上がり、部屋の壁際にある棚の前に立った。すぐに書類の束を手に戻ってくる。

「それは？」

「俺たちの婚前契約書」

私は目を丸くして彼を見つめる。宗之さんはその書類を手に、暖炉の前に立つ。

彼の端正な顔に、穏やかな炎が陰影をつけた。

「確認したい」

宗之さんの声は相変わらず力強い。けれど今はかすかに緊張を孕んでいるように思えた。私は居住まいを正し「はい」と頷く。宗之さんはかすかに頬を緩めた。

「三花、俺は君の全てが欲しい。あますところなく、全部だ。代わりに俺の全部をやる。だから……」

「……宗之さん」

「だから、俺と本物の夫婦になってくれ」

私は立ち上がり、短い距離を駆けた。彼の逞しい身体にしがみつくようにして抱きつけば、涙が勝手にあふれていく。

涙なんて感情を顕わにしたもの、以前の私なら絶対に流さなかった。でも彼と結婚してから、私の涙腺は変になってしまったみたい。

「そいつの首を確認してくれないか？」

宗之さんが優しく言う。私は一瞬首を傾げ、すぐに抱いたままだったテディベアのことだと気が付く。

「首？」

ふんわりとしたケープをめくると、かわいらしいベルベットの首輪をしているのに気が付いた。その首元に、キラキラとした輝きがあった。

「これ……」

指先で触れ、すぐさま宗之さんを見上げた。彼は目を穏やかに細め、「今さらだけれど」と私のこめかみにキスをする。

「婚約指輪だ。どうか受け取ってくれないか」

私は彼の逞しい胸板に顔を埋め、声を殺して泣く。幸福すぎて、あられもなくわあわあ泣きわめいてしまいそうだった。そして多分、そうしたところで、彼はそんな私をも受け入れてくれるのだ。

どんな自分でも、受け入れてくれる人がいるという幸福は、きっと簡単に得られるものじゃない。こうして彼に出会えたのは、奇跡なのだと思う。

「愛してる、三花」

彼は片腕で私を力強く抱きしめ、ほおずりをした。見上げると目が合う。触れるだけのキスのあと、彼は微笑みながら炎に書類を全てくべる。炎が涙で滲んだ。

私と彼があの日結んだ契約が、全て灰になって消えていく。

かわりに、新しい約束を交わした。お互いをお互いに献身する、そんな約束だ。

願わくば、この約束が永遠のものになりますように。そう願いながら顔を上げると、彼は私の頬にキスを落とし、涙を拭ってくれた。

優しく頬を撫でる温もりにうっとりと目を細めると、宗之さんは「三花」と私を呼んだあと、目元をくすぐり顔を覗き込んでくる。

「もうひとつ、いいだろうか」

「何ですか?」

「今でも子供は必要ないと思っている?」

しばらくの間、見つめあう。嫌だと言えば、きっと彼は私に それを強要しないという信頼があった。はじめて会った時から、私を対等なひとりの人間として見てくれた。

だから。

そんなあなただから、私は好きになったのだろう。愛したのだろう。

一緒に歩んでいきたいと思った。

今まで、子供を産むなんて、想像もしていなかった。愛のかけらもない家族を見て育ったから、私が母親になれるなんて思ってもなかった。だって、私が子供を幸せにできるなんて思えなかったから。

でも、宗之さんとなら、きっと……私も望んでいい。家族というものを、手に入れてもいい。

そんなことを考えているうちに、自然と言葉がこぼれた。

「……私、もし授かれるのなら……あなたの子供を、産みたい」

「……ありがとう」

宗之さんは私の頭にキスを落とし、私をお姫様のように抱き上げた。身体が揺れ、絨毯にルームシューズが落ちてしまう。けれど彼は構わず、私をそのままゆっくりとソファに横たえた。

「君が欲しい」

「私、もう、あなたのものです」

そう言ったあと、ふと思い出して続けた。

「敬語も、もうやめる」

私の敬語は、あなたとの距離を取るためのものだったから。だから、やめる。

「そうか」

宗之さんはさらりと私の髪を撫で、リボンを解く。頭や額にキスが繰り返される――心地よい柔らかな温かさ。胸が張り裂けそうなくらい、切なくて苦しい。彼のことが愛おしいから。

抱きっぱなしだったテディベアを、宗之さんがそっと手に取る。そうして指輪を外し、私の結婚指輪に重ねてつけた。サイドテーブルに置かれたテディベアをちらりと見ると、宗之さんが「ふ」と笑ってベアを寝かせる。

「こいつには刺激が強い」

そう言って私の額にキスをする。どきどきする鼓動が大きすぎて、彼にも聞こえちゃうんじゃないかと思う。

ゆっくりと私の額から唇を離した宗之さんが、私の顔を覗き込みゆったりと笑う。その笑顔に、胸の奥からホッとした。相変わらずどきどきはしているけれど、……彼に任せておけば、きっと大丈夫。

安心して左手をかざせば、暖炉の炎でダイヤがきらりと輝く。

「綺麗……」

呟いた唇に、キスが落ちてくる。触れるだけのキスを何度も角度を変えて落とされ、やがて彼の舌が私の口内に割り入る。少し分厚い彼の舌が、優しく私のものに絡み、ゆったりこすり合わされると、頭の中がだんだんぼやけてくる。私の全てを彼に明け渡し、暴いてほしくてたまらなくなる。

「好き」

キスの合間にそう告げると、至近距離にあった宗之さんの瞳が揺れる。それから彼は蕩けるように笑った。胸がキュンとする。愛おしいと思う。

「愛してる、三花」

宗之さんの少し掠れた低い声は、まるで蜂蜜のようにとろりと甘い。再び唇が重なったかと思えば、今度はさっきとは違い、少し激しいキスになった。貪られている感覚が切なく息苦しく、でも求められていることがとても嬉しくて、彼の広い背中にしがみつく。

下唇を甘噛みされ、ようやく唇が離れたかと思うと、今度は手を繋がれソファに押し付けられた。

首筋を彼の唇がなぞる。

「ん……」

自分の口から出たとは思えない、上ずって蕩けた声。いや、どこかに媚びさえ滲ませていた──もっと、もっとかわいがって、と甘える子猫のように。

宗之さんは顔を上げ、私を見下ろしくっきりとした喉仏を上下させた。

「想定以上にたまらないな」

「何が……？」

「君の甘える顔」

そう言って彼は首筋にキスを落としながら、右手で私に触れる。身体のラインをなぞるように、大きな手のひらでゆっくりと。そうされると、身体にゆっくりと知らない感覚が押し寄せてくる。身体の芯がじわっとうずき出す。

たまらず、深く息を吐いた。その息すらひどくなまめかしく感じ、恥ずかしくて頬を熱くした。

「かわいいな、君は」

そう言って宗之さんは首筋や鎖骨に唇を這わせ、時折いたずらに甘噛みしながらゆっくりと繋いでいた左の手から力を抜く。繋がれたまま緩められた手のひらを、彼の指先がくすぐる。

「んっ」

触れられているのは、手なのに。いやらしくも官能的でもないはずの箇所を淫らにくすぐられ、身体の奥がじん……と熱を孕む。

「はあ……」

息に声が交じる。宗之さんは「かわいい」を繰り返しながらできる範囲全てにキスを落としてくる。頬にも顎にも首筋にも、唇にも、全てに。

やがて片手で抱きかかえられ、ワンピースの背中にあるファスナーをゆっくりと下ろされた。そのまま身に着けていたものを全てするすると脱がされていく。下着さえ、太ももをゆるゆる撫でられると羞恥心が蕩け簡単にはぎとられた。

「恥ずかしい」

私は膝を閉じ、胸を両腕でかばう。宗之さんは膝立ちでシャツを脱ぎながら目を細めにやりと笑った。

「隠されると暴きたくなる」

「そ、そう言われたって」

半泣きで身体を丸める私の頬は、発火しそうに熱い。

「寒くないか？」

宗之さんはそう言って私の背中を、その男性らしい太い指でつう……とゆっくり撫でていく。背骨ひとつひとつを確かめるかのような仕草だった。

「ひゃんっ」

生まれてはじめて出す声だった。宗之さんはくっくっと喉元で大人の男性らしく笑った。

「信じられないくらい、かわいらしい反応だな」

そう言って彼も服を全て脱ぎ捨て、私にのしかかってくる。軽くキスを私の頬に落とし、指と舌で私の身体を蕩かそうと動かした。抗えず、私は四肢の力を抜き、彼の思うままにされる。何も思考できず、ただ高く声をあげるだけ。

「あ、宗之さん、だめ、そんなところ」

誰にも見せたことのない箇所を指先でまさぐられ、蕩けさせられ、私は半泣きで快楽を貪る。指と舌でさんざんに絶頂を教え込まれ、やがて力が抜けてぐったりとした私を見下ろし、宗之さんが少し掠れた声で私を呼んだ。

「三花……」

苦しそうな声だった。私が欲しくてたまらない声音だった。

私は一生懸命に腕に力をこめ、彼に向かって広げる。

「大好き、宗之さん」

彼は私を抱きしめ、そうして私の中に彼の熱を埋めた。みちみちと拡げられる痛みと熱さ、そして彼への愛情で言葉は何も出てくれない。細く息を吐くだけで精いっぱい。

一糸まとわぬ姿で、お互いの体温を分かち合う。

「熱いな、君は」

宗之さんが私にほおずりをしながら言った。私も頷く。あなたもとても、温かい。

「私もあなたも、氷なんかじゃなかったね」

そう言うと、宗之さんはふっと笑った。

「最初から言っていただろ？　君は温かいと」

その言葉にあのお見合いの日を思い出す。満開の桜、私に触れた男性らしい指先――ああ、あの日も彼は温かだった。

宗之さんは息を深く長く幸福そうに吐き出しながら、再び私をそっと抱きしめる。

軽いキスを重ねるうちに、私と彼の体温が入り混じっていくのを感じる。このまま熱く溶けてひとつになれたらどんなに素敵か、なんてことまで考えた。

私を覆っていた氷が、とろとろと溶けていく。

ああ、私の氷は、自分を守るためのものだったのだ。

でももう、硬く凍り自らを閉ざす必要はないから――私は彼に守られているから。

同じように、私も彼を守りたい。この感情が愛なのだろうか。

だとすれば、なんてあったかい。

「大好き」

ぽろっとまた涙がこぼれる。分かち合う人がいる幸福で、胸が苦しい。

「愛してる、三花」

ゆっくりと彼が動き出し、やがて彼の声から余裕が消えていく。ただお互いを求めあい、舌先を絡めながら彼の腕の中で揺さぶられ、彼が果てるまで快楽に身を任せた。


朝が来たと知ったのは、すっかり日が昇ってからだ。スイスはこの時期日の出自体が八時ごろだから、かなり寝過ごしたと言ってもいいだろう。分厚いカーテンの隙間から、陽がさしているのが見えた。

「起きなきゃ」

そう呟き身体を起こそうとして、ベッドに再び沈み込んでしまった。

「痛い……」

身体の変なところが痛かった。な、何これ……と、昨晩のことを思いだす。ソファでさんざん彼に抱かれたあと、ベッドでも求められて、それが嬉しくて……そこから先の記憶がない。今だって裸のままだ。

身に着けているのは、真っ白なシーツについた指に嵌まるふたつの指輪だけ。

「宗之さんは……」

部屋を見回すも、姿がない。どこに行ったのだろうか。

寝室の奥にあるバゲージラックに私のトランクが見えた。

「とりあえず着替えなきゃ」

何とか身体を起こすと、身体の中からとろりと何かが垂れる感覚がして慌てた。

避妊をしていないから、これは、つまり……。昨夜をまざまざと思い出すと恥ずかしさが押し寄せ、枕に顔を埋めたくなる。

「起きたのか」

　突然の声にびくっと身体を揺らした。シーツを身体に巻き付けながら振り向くと、バスローブ姿の宗之さんがタオルで髪を拭きながらこちらに歩いてくる。

「大丈夫か。もう少し寝ていてよかったのに」

　大丈夫です、と答えかけて敬語はやめたんだったと思い出す。

「ううん、もう目が覚めちゃったし」

　私がそう言うと、宗之さんは髪の毛を拭く手を止め、じっと私を見つめる。

「な、なあに？」

「敬語じゃない君がものすごく新鮮でかわいくて心臓が止まりかけただけだ」

　さらっとそんなことを言い、彼はベッドに乗ってくる。

「宗之さん？」

「すまない三花、君がかわいすぎるのが悪いんだと思う」

　軽く肩を押され、私はシーツに逆戻り。

「な、ななな何をするの」

「何だと思う？」

　いたずらっぽく微笑まれ、私は再び彼にすっかりいただかれ、喘がされてしまう。

「もう無理……」

朝から再び快楽を与えられて、すっかり脱力した私を宗之さんは横向きに抱き上げる。ぎりぎりあった理性で胸元を隠すと、「ふは」と宗之さんは吹き出した。

「さんざんさらけ出しているのに恥ずかしいのか？」

胸にたくさん散ったキスマークを見ながらからかわれる。

「だ、だって」

むっと唇を尖らせた。こんな子供じみた仕草を彼の前でするだなんて。宗之さんは鷹揚に笑い足を進める。

……それにしても、どこに向かっているのだろう。

疑問はすぐに解けた。寝室内のバスルームだ。

特注品だという石造りの浴槽にはたっぷりとお湯が張ってある。

彼はバスチェアに私を抱えたまま座り、鼻歌でも歌いだしそうな顔でシャワーを手に取る。

「宗之さん？　何を」

「疲れているだろうから、洗ってやる。気にするな」

「気にしま……っ、気にするよ。やめて」

軽く彼を睨む。けれど彼はひるむどころか、目尻をこれでもかと下げる。

「かわいい」

睨む顔すら、彼にとってはかわいくて仕方ないらしい。

「すまないが、三花。この旅行中だけでいいから、君を好きなだけ甘やかさせてくれないか？　頼む」

「でもっ」

「城をやるから」

「お城はいらないってばあ……っ」

抵抗むなしく、彼は本当に嬉しげに私の身体をあますところなく、本当に全部洗い上げ、そうして湯船につかる。

「いい天気だな。川沿いを散歩してもいいし、城でのんびりするのもいいな」

「うん……」

私は力なく彼にもたれかかりながら、窓の外を見る。身体がオレンジ色の小鳥が窓の桟に止まる。

「かわいいな、コマドリだ」

宗之さんが目を細めた。

私は湯気の中ぼんやりと小鳥を眺め、楽しげな宗之さんの声を聞きながら、ああなんて幸せなんだろうと思う。彼といると、私はとても温かい。

朝食というにはずいぶん遅い時間の食事のあと、私は宗之さんに城内を案内された。

「わあ、ここ……」

そのうちのひとつ、大広間で私は目を瞬く。まるで童話に出てくるダンスホールのような豪奢な空間……。

「昨日、言っただろう？　踊ろうと」

「ここのことだったの？」

私が笑って振り向くと、宗之さんは私に一歩近づき軽くお辞儀をする。目を瞬き、それがダンスの誘いだと気が付いた私も頷き返す。彼は私の手を取り、ワルツのステップを踏んだ。くるくると回るように踊るウインナーワルツだ。小さく彼が旋律を歌う。彼が歌ったことに驚くとくるりと大袈裟に回転された。

「きゃあ！」

「笑うな。あまり歌はうまくないんだ」

「ええ、そんなこと」

くすくすと笑う。極氷なんて呼ばれているのに、何でもできて自信満々なのに、歌は苦手なの。どうしてか愛おしさが増す。

「じゃあ私にだけ聞かせてね」

「そうするよ」

踊りながら宗之さんは「そういえば」と口を開いた。

「少し前、君の父親に会ったんだ。たとえ何があろうと君の会社には手を出さないように念押ししておいたから、安心してくれ」

私は唐突な報告に戸惑う。そして微笑んだ。知らない間も、ずっと守ってくれていたのね。

「ありがとう」

「礼を言われるほどのことじゃない。ああ、例の嫌がらせももうないと思う。また何かあれば言ってくれ」

宗之さんはさらりと言って、優雅にステップを踏む。

私は眩しいものを見る心地になりながら、彼に合わせた。

やがてお互い足を止め、挨拶をしようとした私を彼は抱き寄せる。

「必ず守る」

その言葉が胸にしみる。顔を上げると唇が重なった。

「いつか、君のバレエも見てみたい」

そう言われて何だか泣きそうになる。また踊ってみたいと、そう思った。

【六章】物語の最後は

ロンドンに向かったのは、予定通り十二月三十日だった。

時差は一時間なのであまり考慮しなくていい。ただ、スイスもだけれどこの辺りは冬は十六時くらいには日が沈むから、まだ十七時過ぎだというのにすっかり夜のフライトをしたような気分になっていた。

「夕食には早いか」

到着ゲートで、宗之さんは腕時計を見て言う。今日も彼は私からのプレゼントの腕時計を身に着けていた。それにときめきを感じつつ、首を傾げ窓の外を見やる。搭乗ゲートほど窓は大きくないけれど、ライトに照らされた白い飛行機がゆっくり動いているところが見えた。

「すっかり暗いから食べちゃってもいいかな。ホテルのレストランでもいいけれど」

「せっかくだから出るか」

「……ロンドンはホテルだよね？」

もうお城買ってないよね？　ちらっと彼を見上げると、不思議そうに目を瞬いた。

らしい。

「城がよかったなら買ってやろうか」

「だ、大丈夫、本当に」

大慌てで首を振ると、宗之さんはくっくっと楽しげに笑う。もう、からかっただけらしい。

……でも半分本気だったような。宗之さん、多分私とは資産の桁がかなり違うんじゃないかな。

それは、彼がひたすらに有能であることの証拠なのだけれど。

「さて、城はさておき。夕食は何がいい」

「宗之さんは？」

「俺は何でも。ああそうだ、市内に旨いモダン・ブリティッシュのレストランがある」

モダン・ブリティッシュとは、伝統的なイギリス料理を現代風にアレンジしたものだ。いろいろと言われがちなイギリス料理だけれど、これに関しては様々なヨーロッパの料理手法や食材を入れ込んでおり、日本人にも好評な店が多い。

そのうえで、好き嫌いは一切ないけれどかなり美食家な宗之さんが言うのだから、本当に美味しいお店で間違いないだろう。私は頷き、彼の横に並ぶ。

「楽しみ。予約できるかな」

「実はしておいた」

最初からそこに連れていく気だったらしい宗之さんがにやりと笑って、私は眉を下げて笑い、彼の腕をたたく。

「もう」

宗之さんはまじまじと私を見てから、ゆっくりと頬を緩めた。

「うん、こういうのいいな。いちゃついている感じだ。……どうした三花、鳩が豆鉄砲を食ったような顔をしてるぞ。かわいいいな」

ちょん、と指先で頬をつつかれ、我に返った。

「あ、宗之さんの口から『いちゃつく』って単語が出たのにびっくりして……」

ほう、と宗之さんは私を見下ろし感心したような顔で腕を組む。私は「というか」と言って笑った。

「宗之さんそんな言葉も知ってたんだなあって、感心しちゃったの」

さっきのお返しでからかうも、宗之さんは動じない。それどころか泰然と楽しげに頬を緩めさえする。

「そうか？　さんざん君とはいちゃついていたはずなんだが」

「そ、それはそうだけど」

たしかにここ数日、さんざんに甘やかされていた。思い返して頬が熱くなっている私を、宗之さんはいたずらっぽく笑って見ていた。

「なあに、ニヤニヤして」

「いや。ただ、その言い方だと君のほうが〝いちゃつく〟をよく知っているんじゃないか」

「え？　そ、そんなことは」

宗之さんは慌てる私の耳元に口をよせ、低くて甘い声で囁くように続けた。

「今日の夜、たっぷり〝いちゃつく〟が何なのか教えてくれ」

もう身体が壊れてしまう、というほどに甘く激しく抱かれて、眠ったのか意識をとばしたのだか分からないうちに朝が来た。

「ああ、もうすぐ美容師さんがいらっしゃるのに、髪もぼさぼさ」

私はベッドの上で軽く悲鳴を上げる。

昨夜、宗之さんが「かわいい、かわいい」なんて言ってさんざん撫でまわしたから……っ。

昼過ぎまで寝てしまっていた私を起こした宗之さんは、ベッドサイドにホットティーを置きにこりと余裕たっぷりに笑う。アーリー・モーニング・ティーというイギリスの習慣にのっとったのだろうけれど、残念ながらアーリーという時間ではない。ただ、ミルクがたっぷり入ったイングリッシュ・ブレックファーストはとても美味しい。思わず「ほう」と息を吐く。

「ありがとう。すごく美味しい」

「よかった、紅茶派に宗旨替えしたかいがあった」

にこっと笑う宗之さんに、どうやら彼が紅茶の淹れ方を練習してくれていたのだと悟り、きゅんとして胸が「大好き」でいっぱいになった。

それにしたって、私より疲れているはずだと思うのに、彼からは全くそんな素ぶりを感じられなかった。相変わらず、朝から映画俳優のようにきちっとしている。

私が手櫛で寝癖をどうにかしようとしていると、宗之さんもティーカップに口をつけた。

「大丈夫だ、今から髪を整えてもらうんだから」

「それでもちゃんとしておきたいの」

シャワーを浴びる時間くらいはありそうでホッと息をつきながら答えた。

「そういうものか」

ふうん、と私の顔を見ながら宗之さんは目を細め、私の頬をつんつんつつく。

「怒っている君もかわいいなあ。すごいよな、何をしたってかわいいんだから」

とても不思議そうに言われ、私はシーツで顔を隠した。かわいいの連呼に、まだまだ慣れそうにない。

ホテル内の美容室に、アジア系の美容師に来てもらうことになっていた。アジア系のストレートで癖のない髪質に慣れている人のほうが任せやすいからだ。

ブルーのイブニングドレスに着替え、ヘアメイクを終わらせたあたりで、タキシード姿の宗之さんが迎えに来た。背も高いし身体も厚いため、こういった服装が本当に堂に入っている。

「綺麗だ」

ヘアメイクしてもらった個室……といっても大人が数人入っても差し支えない広さの部屋に入るやいなや、宗之さんはそう言って私の手を取り甲に唇をそっと押し付ける。美容師が「きゃあ」と黄色い声をあげた。

「新婚だとは聞いていたのですが、ほんとうにお熱いですね」

そうからかわれ、せっかくメイクした顔を両手で覆いたくなる。崩れるからしないけれど……！　大きな鏡には、真っ赤になった私が映っていた。思わず目を瞠る。

だって、こんなに感情を顕わにして、恥ずかしそうにはにかんでいるだなんて信じられない。私の横で、宗之さんは端正なかんばせを綻ばせている。

鏡に映る彼から本物の彼に視線を移す。

「ん？」

不思議そうな宗之さんを見て、何でもと微笑み返した。だってあの〝極氷〟がこんなふうに頬を緩めているだなんて、日本で彼を知っている人が見たら卒倒してしまうかもしれない、なんて思う。


パーティーはロンドン郊外のとある貴族の邸宅が会場だった。イギリスには今も貴族制度が残っている。

到着したのは日の入りの午後四時ごろ。雪がちらついているイングリッシュガーデンはとても美しく整えられていて、初夏になれば薔薇が咲き乱れるのだろうなと思った。

今回のパーティーは、宗之さんがいくつか経営している商社の取引先のひとつである英国の老舗百貨店が主催したもの。ホリデーシーズンをお祝いするごく身内の……という触れ込みだけれど、こういうのは日本でもイギリスでもフォーマルなものになると相場が決まっていた。邸宅の広間はイブニングドレスやタキシードを着た人たちであふれかえっている。

「ううん、僕は今幻覚を見ているのかな」

老舗デパートの経営者のひとりである男性が、私と宗之さんを見るなり目を丸くする。

「どうしました？」

「いや、寒河江社長がそんな柔らかな表情をされているのを初めて見たのでね」

「妻の前でだけですよ」

「へえ！」

男性はさらに大袈裟に目を丸くして、それから笑った。

「天下の寒河江宗之をここまで骨抜きにするだなんて、あなたはとてつもない偉業をなしとげていますよ」

海外らしいややや大袈裟なジョークに笑うと、男性はまじまじと私を見つめ「いやあ、しかし」と肩をすくめた。

「これほど美しい女性だ、寒河江社長の気持ちも分かる」

「妻が綺麗なのは同意しますが、彼女はそれ以上に内面が美しく気高いのですよ」

宗之さんは軽く微笑みながら全く照れることなくそんなことを言い切る。その代わりかのように私はすっかり照れて、彼の横でひとり頬を熱くするはめになった。

「ははは。これはやられました。……ああ、もう行かなくては。どうぞごゆっくり、レディ」

男性は私たちに笑顔を振りまいてから広間を歩いていく。

「宗之さん、照れちゃうからやめない？」

「何が？」

「人前で私を褒めるの。……宗之さんの代わりに私が照れちゃってる」

「なぜ。俺は本心しか言っていないから照れるも何もない」

はっきり言いきって、宗之さんは胸を張る。私は妙な高揚感で胸がむずがゆい。内面も綺麗だって、そんなふうに思ってくれていたんだ。私のどこがそうなのかは、よく分からないけれど……そう言ってくれたことが、とても嬉しい。

「あら、ミツカ。久しぶりね」

「え、キャシー？　来ていたのね」

懐かしい顔に出会い、目を瞬く。キャシーは微笑み、私の肩を軽く抱きすぐに離れる。

「もう少し連絡をくれてもいいじゃない」

ごめんなさい、と苦笑してから宗之さんに彼女を紹介する。

「宗之さん、彼女、私がこちらに留学していた時の同級生」

「そうなのか」

Pleased to meet you、と微笑む宗之さんにキャシーは「ワオ」と目を瞬く。

「結婚したというお知らせをいただいていたけれど、こんなに素敵な旦那様だとは聞いていなかったわ」

「あはは、ありがとう」

笑ってしまった私に、キャシーは優しく目を細める。

「ミツカの笑顔もとっても柔らかくなったわ」

「そ……そうかしら」

照れる私を、キャシーは「もう少し話さない?」と誘ってくる。

「なれそめなんかも聞いてみたいわ!」

「でも……」

「行って来たらいい。俺も少し挨拶回りをしてくる」

私は彼を見上げ、それから周囲を見渡しこっそりと苦笑した。挨拶回りというか、周囲の人たちが宗之さんに挨拶をしたがっているというか。

ビジネスの邪魔をしてもね、と私はキャシーに連れられホールのソファ席に移動する。華やかなドレス姿の懐かしい顔が並んでいて、目を瞬いた。みな大学の同級生だ。恐らく百貨店の上得意などで招待されていたのだろう。

「あら、来ていたのミツカ！」

みな朗らかに私を迎えてくれた。少し戸惑う。だって私は留学当時だって、そう愛想のいいほうじゃなかった。遠回しにそれを伝えると、みな不思議そうな顔をする。

「友達で日本人はあなただけだったから、日本人はみなそうかと思っていたのよ」

「日本人はシャイだしね」

「そうよ。それに日本人はニンジャの子孫というのもあるんでしょ？」

そう言われてみなで笑う。言った子だけポカンとしていて、どうやら本気だったのだとまたみなでからかった。

「も、もう。ええ、そうなの？　ニンジャいないの？」

「嘘よ、みんなニンジャよ」

「もーう。どっちなの」

他愛もない話をしていると、気持ちがどんどん学生時代に戻っていっている気がする。

　ボーイからカクテルグラスを受け取り、みなで楽しく思い出話に花を咲かせている時だった。

「……ミツカ」

　男性の声に振り向く。そこにいたのは大学のころ、少しだけ親しかったクラスメイトだった。一瞬名前を思い出すのに時間がかかる。そう、サイラス。サイラス・プレストン。イギリス貴族の御曹司……とはいえいわゆる〝ドラ息子〟というやつだ。階級と資産をかさに着て、好き勝手している男。自分で得たものなど何もないのに、それを自分の力だと勘違いしている低俗な人間。私の父や兄と同じタイプの……つまり、とっても嫌いな人だった。

「サイラス。お久しぶり」

　すっと声を低くして、目を細め彼を見やる。周りの友人たちの態度も似たようなものだった。それに構わず、サイラスは言葉を続ける。

「……結婚したんだって？」

「ええ」

　私は小首を傾げた。どうやらすでに酔っぱらっているようだった。

「どうしてムネユキ・サムガエなんだ」

どろりとした瞳がこちらを見やる。タールのようにドロドロとした怒りがその目にはあった。

態度には出さないものの、内心ぞくっとした私の耳元に、キャシーが「気を付けて」と囁いた。

「サイラスのやつ、何年か前に、おとなしくしていればいいのに急に親から融資を受けて会社を立ち上げたの。でももちろんそんな才能なんてないものだから、親にも見放されてすぐに潰れたんだけど、その会社を合併したのがあなたの旦那様の子会社だったのよ」

あら、と内心鼻白む。サイラスは努力を嫌う男だ。でも会社の運営なんて、努力なしではありえない。恐らく見栄のために利益など度外視で、親からの融資だけで何とかしていたのだろうけれど、さすがに見切られたらしい。

「それ以来、領地でおとなしくしていたんだけど。今日は来ていたのね」

私は肩をすくめキャシーにお礼を言う。まあ、サイラスに構ってもよいことはなさそうだ。

「ミツカ。なあ、君、無理やり結婚させられたんだって？」

サイラスの言葉に小さく眉を寄せた。一体誰からそんな話を聞いたのだろう？

「ニッポンの財閥どうしの政略結婚。そうじゃなきゃ、君があんな血も涙もない男と一緒になるわけがない。君が……僕の恋人だった君が……」

ぎょっとして身体を強張らせる。恋人？　私が、サイラスの？

「サイラス！　それはあなたの勘違いだって、わたしたち何回も忠告したでしょう」

キャシーが声を荒らげた。目を瞬く私に、キャシーは説明してくれる。

「あなたが帰国してすぐ、サイラスが恋人に振られたって大騒ぎだったの。聞き出してみればあなたと付き合っていたと勘違いしていたのよ」

「どうしてそんな勘違いを？　サイラス」

サイラスを見上げ尋ねると、彼は驚愕をその造形だけは整った顔に浮かべる。

「ミツカ……？　だって僕たち、よく一緒にランチしたじゃないか。それにふたりで出かけたこともあるし、僕の前でだけ、ちょっとだけ、感情的になっていた。氷みたいに感情も表情も動かなかった君が、僕の前でだけ！」

「それは……出かけた、ってフィールドワークのこと？」

感情的に、というのは彼が父と兄に似すぎていてつい出した苛つきのことだろうか。

「すぐにニッポンに迎えに行こうと思っていたんだ……ただ、君が起業したって聞いて、僕もふさわしい男にならないとって、会社を作って。でもうまくいかなかった」

サイラスはどろっとした瞳のまま笑う。

「でも、ようやく分かった。ムネユキ・サムガエは君を手に入れるために、僕の会社の邪魔をしたんだ。そのせいで潰れたんだ、全くフェアじゃない。サムガエは汚い男だ」

サイラスは髪の毛に手を突っ込み、ぐちゃぐちゃにかきまぜる。

「そうじゃなきゃ、僕が、この僕が失敗するなんてありえない。そうだろ？」

私は小さく息を吞み、それからキッとサイラスを睨み上げた。

「サイラス。いくつか教えてあげる」

「何だい」

「日本に貴族制度は残っていないの。財閥だってね」

何が言いたいのか、という顔のサイラスに、さらに続けた。

「それから私があなたに向けていた感情は、蔑みよ」

「え……」

呆然としたサイラスを、さらに強くねめつける。

「もうひとつ。私の夫は正々堂々とした高潔な男なの。あなたとは違う」

「……は？」

「あなたと違って〝いい男〟だって意味よ、サイラス」

サイラスの顔色が、みるみるうちにどす黒くなる。

「君は……ミツカ、騙されているんだ、ミツカ」

「いい加減にしてサイラス……きゃあっ」

サイラスが私の手首を掴む。あまりに強い力で掴まれ、つい悲鳴をあげた。

「ミツカ！」

キャシーが慌てて私とサイラスの間に入ろうとした瞬間だった。

「俺の妻から手を離せ」

地を這うような声がしたかと思うと、サイラスの手首を大きな手が掴む。サイラスはうめき声をあげ、私から手を離した。

「ぐ……っ。ムネユキ・サムガエ」

サイラスが手首をさすりながら見上げているのは、凍り付きそうなほど冷たい瞳で彼を見下ろす宗之さんだった。その目はとても冷たいのに、ぐらぐらと怒りが煮えたぎっているのが手に取るように分かる。

「宗之さん」

「すまない三花、遅くなった」

冷たい怒りの中に、たしかに私への労りがある声に、ホッと心が緩む。そっと抱き寄せられ、彼の逞しい胸板に頭を預けた。

「サムガエ……！　僕の会社をつぶしただけでなく、ミツカまで奪うだなんて、卑怯だ！」

「……さっきから軽々に俺の名前を呼んでいるが」

宗之さんが酷薄に笑う。見上げた私の背中までゾクッとしてしまう、瞳だけがぎらりと光る笑い方。

「お前は一体誰なんだ？」

一切の感情も興味も関心も含まれていない冷たい声。自分が絶対的強者だと理解している人間だけが持つ声の色。

私は最初から大切にされていたのだと、遅まきながら理解した。だって彼は見合いの時からこんな声をすることも絶対零度の瞳で私を見ることもなかったもの……。

彼は〝極氷〟なのだ。敵とみなせば一切容赦しない、尊大で高潔な氷のような人。

「う……あ……」

サイラスが言葉を失っていると、遠巻きにこちらを見ていた人々の壁から、六十代くらいの男性が飛び出してきた。

「サ、サイラス！　一体お前、サムガエ社長ご夫妻に何をっ」

「パパ。だって僕」

「だってじゃない……！　ミスターサムガエ、このたびは愚息がとんだ失礼を」

弱り切った顔で私たちに謝罪したのはサイラスの父親のようだった。平謝りしながらサイラスを引きずっていく。

「三花。出よう」

そう言われ首を傾げた。

「宗之さん。でもまだお仕事が……」

「もう仕事納めだ」

そう言い放ち、私をひょいと抱き上げた。

「きゃあ、宗之さん？」

「震えている妻を放置して仕事に励めるほど、俺は冷静な男じゃない」

そう言ってホールを堂々と歩き出す。途中で何人かに話しかけられたけれど、「妻が優先なんだ」と話をまとめ、ホールを出る。玄関ホールでコートを受け取ると私に羽織らせ、またすぐに抱き上げられた。その時になってようやく、私は自分が震えていたのだと知った。

そのまま車に乗り込み、彼はホテルではない場所を運転手に告げる。

「宗之さん？」

「城じゃないから心配するな」

柔らかな視線と甘い声で冗談っぽく言われ、私も自然と微笑みを返す。

彼といると安心する。心がとても温かくなる……。


一時間ほどで到着したのは、美しい運河が流れる街に建つレンガ造りの屋敷だった。

尖った屋根やゴシック調の細かい彫刻などが施されたヴィクトリアン様式のカントリーハウス。

「ここは？」

「以前から保有していた別荘だ」

何でもイギリスに嫁いだ親戚の遺産らしい。車から降りて話を聞く。

「歩けるか？」

「もう大丈夫。ありがとう」

そうか、と宗之さんはホッとした表情を浮かべる。

「もうすこし華やかな時期に披露したかったんだが、ホテルに戻るのも何かと気ぜわしそうでこちらにしたんだ。今日は早く休んだほうがいい」

たしかに、カウントダウン直前のロンドン市街は相当な人混みだろう。交通規制や渋滞でホテルに戻るのが遅くなるのは覚悟していたのだった。

「ここはいつも、管理と最低限の生活の準備はしてあるから」

「……その、心配をかけてごめんなさい。つい感情的になって」

もっといいあしらい方があったでしょうに、と内心自分に呆れていると、宗之さんは「いや」と首を振る。

「君は一切悪くない。あの男に関しては俺のほうで対処しておく」

車内で簡単に事情を説明しておいたのだ。私は首を振った。

「いえ。今さらだけど、サイラスにはとっても腹が立ってきたの。私を怖がらせたこと、たっぷり後悔させようと思う」

そう言うと、宗之さんはかすかに目を細め肩をすくめた。

「無理はするなよ」

「ええ」

そう約束すると、宗之さんはようやく眉を開いた。

「そういえば、宗之さん。華やかな……って？」

「庭の薔薇が綺麗なんだ」

「わあ、見てみたかった」

門扉を運転手が開き、お礼を言って中に入る。

「今日は執事にも休みを取らせていて、ふたりきりだ。構わないか？」

「うん」

私の後ろで門扉が閉じられる。

玄関まで続く石畳を歩きながら、庭を見渡す。伝統的なイングリッシュガーデンだ。たしかに薔薇のころはとても華やかだろう。

室内に入ると、すぐさま抱きすくめられた。背中にある彼の大きな手がかすかに震えている。さっきまで、堂々としていた強い人の態度だと思えない。一体何が、と慌てて彼を呼ぶ。

「宗之さん？　体調でも」

「違う」

彼はひと呼吸おいたあと、続けた。

「……怖かった」

「え？」

「君に危害が加えられるのではと、頭に血が上った。あんなのははじめてだ。君は俺の感情をいつもぐちゃぐちゃにする」

私は彼の広い背中に手を回し、きゅっと抱き着く。

我慢してくれていたのね。私が不安がるといけないから……。

「大丈夫だった。あなたがすぐに来てくれたから」

「君を守ると誓ったのに、怖がらせてしまった。すまない」

宗之さんがそう言って私の顔を覗き込む。いつも精悍なまなざしが、つらそうに歪んでいる。この人は、私の痛みを自分のことのように……いいえ、それ以上につらく思ってくれる人なんだわ。

胸がいっぱいになる。息苦しいほど、切なくて嬉しい。

私は思いきって背伸びをして、彼の唇に自分からキスをした。

「三花？」

「大好き、宗之さん。守ってくれてありがとう」

宗之さんはそのまま私を強く抱きしめなおす。彼の暖かで逞しい腕のなかにいると、私はとても安心する。彼のそばにいれば大丈夫だと、強く思う。

がばりと抱きかかえられ、そのまま彼は屋敷の奥に向かう。シッティングルームにしつらえられている大きなカウチソファにそっと私を横たえ、私を膝でまたぐように横たえた。

「愛してる、三花」

そう言いながら彼は私を見下ろし、ジャケットを剝ぐように脱ぎ去る。壮絶な色気に頭の芯からくらくらくらした。

彼から求められているのが嬉しくて、高揚して、微笑みながら彼に手を伸ばす。


目を覚ますとベッドの中だった。どう着せられたのか、素肌に着心地のよいシルクのパジャマを身に着けていた。

「おはよう」

私を抱きしめていた宗之さんが微笑む。

まだ早いようで、窓の外は薄暗いようだった。布団の中でもぞっと動くと、額をよしよしと撫でられ、キスを落とされる。

「まだ寝ておくか?」

「ううん、もう起きる」

「紅茶を淹れてきてやる」

宗之さんは穏やかに言い、起き上がった。

私は広いベッドの上をころころと転がる。

温かなミルクティーを持ってきてくれた宗之さんは、私にティーカップを渡してから「あ」と目を瞬いた。

「どうしたの？」

ベッドの上でカップに口をつけてから聞く。宗之さんは笑い、私の横に腰かける。

「あけましておめでとう、三花。今年もよろしく」

「あら」

私は目を瞬き、くすくすと笑った。

「本当だ。すっかり忘れてたね」

「だな。何しろたっぷりいちゃついていたから」

そう言われ、昨晩のことを思い返して頬を熱くする。宗之さんは私の頬をつつき、本当に不思議そうな顔をした。

「君はいつまでも初心だなあ」

「だ、だって」

「まあそのうち慣れるか。慣れるまでたくさんいちゃつこうな」

端正な目を柔らかく細め言う彼に、私は首を傾げた。

「三花？」

さらり、と私の髪を撫でる宗之さんに甘えつつ、口を開く。

「……慣れちゃったら、いちゃついてくれないの？」

「……君は本当にかわいらしすぎて困る。俺の理性をなんだと思っているんだ、君は」

宗之さんは文句を口にしつつ、そのかんばせに私への愛情をいっぱいにして眉を寄せる。そうしてカップを取られ、またベッドに押し倒されて……。

新年一日目は、そうやって過ごした。時々軽食を食べる以外は、ずっとベッドの上で、お互いに触れ合い、体温を感じながら。


「じゃあ、行ってきます」

「ああ。夕方に迎えに行くよ」

カントリーハウスから出たのは、三日になってのことだった。日本は三が日をお祝いするけれど、イギリスでは二日からは平日だ。というわけで宗之さんも昨日からこちらでのお仕事だ。私といえば、あと数日間、休みだ。といっても簡単な決裁やメールの確認は始めていたけれど。

　今日はキャシーに誘われたアフタヌーンティーに行く予定だ。この間のメンバー以外に、同級生を何人か誘ってくれたらしい。「全員女性だからご心配なく、とご主人に伝えてね」とキャシーは言っていた。てっきりサイラスとのことを気にかけてくれているのだと思っていたら、キャシーは電話越しに笑って言った。

「それもあるけれど、違うわよ。あんな愛妻家の旦那様、他に男がいたら心配でついてきそうなんだもの！」

　愛妻家だなんて、とつい目を丸くした私にキャシーは続けた。

「それにしても、噂ってあてにならないのね。〝極氷〟なんて呼ばれているから、てっきりもっと冷たい人だと思って……いいえ、サイラスには実際そうだったわね。ということは、単にあなたが溺愛されているだけってことかしら」

　キャシーのからかう口調に反論できない。電話でよかった、そうじゃなきゃきっと真っ赤になった私を、もっとからかうに違いなかったから。

　そんなわけで、ひとりロンドンにある老舗ホテルへ向かうことになったのだ。

「久々なんだ。楽しんできてくれ」

「ありがとう」

お礼を言いつつ、運転手にドアを開かれ車に乗り込む。この間の運転手とは違う人で、何でもボディーガードを兼ねているらしい。元特殊部隊だというから筋金入りだ。心配性だと思うけれど、気遣いは嬉しいので素直に受けた。

到着後、着いてくるという彼の申し出を必死で固辞した。

「では廊下で待ちます、奥様」

「申し訳ないわ。こんなところで何かあるわけもないし」

「ですが……」

「旧友と少しお茶するだけよ。ね」

結局、アフタヌーンティーの間は、車で待機してもらうことになった。最初はホテルの前に立っていると言われ、何とか車内での待機に変更してもらったのだ。極寒のロンドンで立ちっぱなしは辛すぎる。

ロンドンの老舗ホテルのドローイングルーム。

「ミツカ～。こっちよ」

歴史ある室内に合うようしつらえられた上品な深紅の布張りのソファから、キャシーが手を振る。キャシーの他に数人がこちらに笑顔を見せた。

「お待たせ」

私は挨拶をしながら小さく目を瞬いた。ひとり、見覚えのない女性がいる。

「ああ、彼女はアメリア・ハームズワース。ええと、マルヴィナの友達？」

「そうなの。大手製薬会社の令嬢で、最近知り合ったの。近々日本に行きたいのですって。それでよければ話が聞けないかなと」

「もちろん。ええと……」

ハームズワースさんのほうを見ると、彼女はにこっと微笑んだ。プラチナブロンドの綺麗な女性だ。

「エミと呼んで。あなたのことはミツカって呼んでもいい？」

「ええ」

エミはアメリアの愛称だ。気さくな態度に、私は笑顔で頷いた。するとキャシーたちがざわつく。

「ねえ、本当に笑うようになったわね」

「一体、結婚してどんな心境の変化があったの？」

根掘り葉掘り聞き出そうとしてくる友人たちのことを、くすぐったく思いながらごまかしていると、ふとエミと目が合った。口は笑っているのに、目は見開かれたかのようにこちらを見つめている。

ぞくっ、と背中に鳥肌が立ち、すぐに内心で首を横に振る。初対面の人をいきなり怖く思ったりしてはだめよね。

じきにアフタヌーンティーの最初のメニュー、サンドイッチが運ばれてくる。ここのホテルは出来立てを提供するため、スコーンもケーキもサンドイッチを食べ終わったあとでの提供だ。紅茶は食事に合うよう、ストレートで。イギリスは硬水なので、黒っぽい色になる。

話はいつしかエミ中心に日本の観光地のことから私個人のことになっていた。宗之さんの話は気恥ずかしいため、仕事中心のものになる。

「そうね、MIFもMIAも日本人はほとんど気にしていないと思うわ」

「本当？　日本人の舌は繊細なのだと思っていたけれど」

MIFはミルク・イン・ファースト、MIAはミルク・イン・アフターで、それぞれどのタイミングで紅茶にミルクを入れるかを指す。何とイギリスではこの二派が対立して……は言いすぎにしても、日本で言うなら〝目玉焼きに何をかけるか〟くらいの論争にはなっていた。醤油かソースか、っていうあれだ。

「……そんなことより、旦那さんのお話が聞きたいわ」

エミがにこやかに言って、私は頭の中でももやもやと大きくなりはじめた違和感に怯えている。だって、何だか、エミは私じゃなくて宗之さんに興味があるような素ぶりをしているのだ。

本当に、さりげなくだけれど……。

頭の中に思い浮かんだのは、宗之さんに付きまとっていたという女性のこと。私に嫌がらせをしていた女性だ。宗之さんが動いてくれて以来、ぴたりと嫌がらせは鳴りを潜めていた。

こんなところで遭遇？　まさか。理性では否定する——そんな偶然はないだろう。けれど、万が一ということもある。

念のため、宗之さんに確認しよう。

「私、ちょっとお手洗いに行くわね」

私はそう言って席を立つ。お手洗いに向かい、洗面台の前でスマホにメッセージを打った。打ち終わり、顔を上げた瞬間——目の前にエミがいた。

「きゃあっ」

「……驚くなんてひどいわね。氷の女王様」

その言葉に目を瞬く。そのあだ名は、少なくともこちらでは誰も知らないはず……。

じゃあ、とぞわぞわと恐怖が足元から上がってきた。

じゃあ、やっぱり、エミが宗之さんにつきまとい、私に嫌がらせをしてきた張本人……？　まさか、エミは日本語ができない。

そう心を落ち着けようとしているのに、うまくいかない。エミはじっと私を見つめている。感情が全く読めない、ガラス玉みたいな瞳だ。とても綺麗なのに、怖い。

「あ、の」

つい日本語が出た。エミが不思議そうにする。やはり日本語は分からないらしい。少しホッとした。そうよね、そんなはずないわ。

けれど、次の瞬間、私は身体を強張らせた。

「ミツカ。わたしはね、あなたのご主人の元恋人なの」

淡々と言う彼女の瞳を見ながら、私は確信した。この人、やっぱり宗之さんにつきまとっていたという女性だわ。

ぞ、と足元から恐怖が押し寄せる。けれど、ぐっと奥歯を噛み顔面から表情を消す。できるわ。私は〝氷の女王〟。誇りと矜持と信念にかけて、この場を乗り切って見せる。

「あら、そう。じゃあ元恋人さん？　私にとっても素敵なラブレターを何枚も送ってくださったのは、あなた？」

わざと鷹揚な態度で目を細める。挑発だ。これで怒ってここを出てくれればいいし、アフタヌーンティーからも退席してくれれば万々歳。私たちは明日には日本に帰るし、そうなればもう直接会うこともないだろう。

エミはじとりと私を見て、口を開いた。

「……そうよ。警告のつもりだったわ」

「あら、警告だったの。気が付くのが遅れてごめんなさい。てっきりお茶会への招待状かと思ったものだから」

髪をかき上げつつ、アフタヌーンティーの意匠が描いてあったことをにおわせると、エミは歪に笑った。

「余裕たっぷりでいられるのも、今のうちよ……いい？　女狐。ムネユキが結婚したのは、政略結婚で仕方なく、よ。実際、仮面夫婦なのよね？　そうに決まってる」

私は内心で眉を寄せた。……仮面夫婦？　どこかで聞いたフレーズ。と、以前日本であったパーティーで言われたのだと思い出した。もしかして、あの噂を流したのも……？

エミは日本語ができない。けれど人を雇えばいいだけの話だ。

「隠し撮りさせていたのも、あなた？」

「ええそうよ。もう少し怖がるかと思ったけれど」

私はぷぷっと吹き出した。

「……何よ」

「いえ、なんてかわいらしいんでしょうと思って。あなた大富豪の娘なのでしょう？　なのにできるのは小学生《ピューピル》みたいなお手紙を私に送ることと、中学生《スチューデント》みたいにSNSを荒らすこと？　ふふ、それで私がひるむとでも思ったの？　世間知らずのお姫様」

私の挑発に、エミはカッとした表情で唇をわなわなと震わせた。

けれどすぐに表情を消し「そうね」と目を細めた。

「そう。その通りだわ。だから今回は、別の手を用意したの」

いぶかしみ、彼女から一歩距離を取った瞬間だった。

「んん……！」

口元を何か黒いものが覆う。皮手袋に包まれた男の手だ。心臓が冷たく軋み、ドッと全身から冷汗が湧き出る。いったい、何……!?　指先までもがくがく震え、まともな判断ができない。振り向けば目出し帽をかぶった男と目が合う。

「叫べば殺す」

手を口から離され、私はぜいぜいと呼吸を繰り返す。アメリカでないのは幸いだった、イギリスも日本同様、銃の規制が厳しい――けれど男が大振りのナイフを取り出したのを見て恐怖心が再び身体の自由を奪った。

「心配しないで。おとなしくしていれば、殺したりしないから」

エミがにやっと笑う。

「わたしはてっきり、ムネユキは誰とも結婚しないと思っていたの。だから身を引いたのよ。なのに、結婚するだなんて。でもね、彼は結婚相手は誰でもよかったの。会社の利益になる相手ならね……」

私は背後から男に両手首と足首を縛られながら、それでも必死で活路を探す。どうにか、どうにか逃げなくちゃ。

頭に思い浮かぶのは、宗之さんのことばかり。

会いたい。彼に会いたい……！

「入って」

私が縛られたのを確認したエミが冷たく言うと、化粧室の入り口にリネンのカートを押した女性が入ってくる。目深に帽子をかぶっていて、表情は見えない。私は男に担がれ、リネンカートに放り込まれる。そのまま身体の上にシーツがばさばさと落ちてきた。

私はすうっと息を吸う。廊下に出たら、すぐにでも大声で叫ぶ。シーツをはぎとっている間に、警備員が駆け付けるわ。それから待機してくれているボディーガードも。

「ああ、ミツカ。忘れてた」

エミが歌うように言う。

「もしあなたがここで騒げば、あなたのお友達、みーんな無事じゃいられない……かもね」

「……え？」

「さっき紹介されたでしょ？　わたしはね、製薬会社ＣＥＯの令嬢なの。どんな薬だって、その気になれば手に入るのよ。首元に振りかけただけで死んでしまうようなものだってね」

ぞっとして目を瞬く間に、カートが動き出した。

ああ、こういうものを警戒して、宗之さんは私にボディーガードをつけてくれていたのに、私は彼を車に待機させてしまった。せめて廊下で待機させていれば、私が戻らないことに違和感を覚えただろう。

これは私の判断ミスだ。それも、致命的な。

「宗之さん……」

心臓が絞られるような感覚がして、大好きな人の名前を呼ぶ。そうするとぶわっと感情があふれ、ぼろぼろと涙がこぼれた。こぼれた涙は、全てシーツに吸い込まれていく。

カートごとバンに詰め込まれ、どれくらい走っただろうか。手足の拘束を外そうともがいたせいで、擦れて血が滲んでいた。それでも丈夫な紐は外れてくれない。いっそ結束バンドだったなら外しようもあったのに……相手もそれくらいは知っていたのだろう。

シーツの中でもがいたせいで、髪の毛もぐちゃぐちゃだった。車が止まるやいなや、シーツをはぎとられエミに掴まれたせいで、あまり関係なかったけれど。

「いた……っ」

「泣いていたの？　かわいそう」

心にもないことを言い、エミは私からパッと手を離し歩き出す。

私は辺りを見回した。

「森……」

日本語で呟くと、さっきの男がまた私を担ぐ。ゆらゆらと揺られながら、それでも逃げ道を探す。夕焼けに染まる木々の合間で鳥が鳴き、ばさばさと飛んでいくのが分かった。川の音もする。

ここは一体どこなのだろう。鬱蒼とした森の奥に、ふと開けた場所が見えた。一件の屋敷が建っているのも……あそこに監禁するつもり？

「エミ。何をするつもりなの」

「あら、ごめんなさい。説明を忘れていたわ」

うっかり、とエミは笑う。

「ムネユキの結婚相手は誰でもいい。ならわたしでもいいはず。じゃああなたたちには離婚してもらわなくっちゃ」

エミは屋敷の門扉を開き、こちらに目を向けず続ける。まるでオペラの主役《タイトルロール》にでもなったかのように、歌うように。

「でもどうやって？　そうね、妻の不貞っていうのは……どう？」

私が眉を顰《ひそ》めるのと、屋敷の扉が内側から開くのとは同時だった。

「……サイラス？」

私は担がれたまま、呆然と大嫌いな同級生の名前を呼ぶ。

サイラスは本当に嬉しげに頬を緩め、きらきらとした瞳を私に向けてくる。

「ああ！　よかった、本当に連れてきてくれるだなんて！」

男は私を担いだまま玄関ホールに入る。二階建ての屋敷の玄関ホールには、大きな採光窓がひとつ。他の窓は侵入防止のためだろう、格子が嵌まっていて逃げ出せそうにない。恐らく雪対策で作られたと思しき玄関横の暖炉に火は入っていない。火かき棒が冷えたそこに立てかけてあった。

ぎい……とエミが扉を閉め、外の音が消える。

「ね？　うまくいったでしょう」

「ありがとう、エミ。君に話を持ち掛けられた時は半信半疑だったけれど……ああ、ミツカ……」

サイラスは男から私を人形でも扱うかのように受け取り、嬉しげに髪を撫でた。

「ああ、僕のミツカ。よかった返ってきた」

「触らないでサイラス！」

ひどく汚らわしいことをされている気がして私は声を荒らげる。そんな私を見下ろしながらエミは嗤笑《ししょう》した。

「寝室にはとっても寝心地のいいベッドを用意してあるわ。そこで元恋人と睦みあうあなたの動画を撮って、ムネユキに送ってあげる！　愛がないとはいえ、そんなものを見せられたら、さすがに離婚を選ぶでしょう」

　高々に笑うエミを呆然と見て、私は自然と「は」と笑った。

「……何よ？」

「いえ。夫が安く見られたものだと思って」

　私は両手両足を縛られ嫌いな男の腕に抱かれた無様な格好のまま、目を眇《すが》め唇を上げた。

「私の夫が、そんなことをすると思って？　あなたたちが二度と日の目を見られないようにしたあとで、私がもうあなたたちのことを思い出さないよう大切に大切に慈しんでくれます」

　私は今、自由がない。

　それでも胸を張る。だって私は寒河江宗之の妻だから。

「だって私は、彼に愛されているもの」

　その言葉のあと、室内がシンとする。最初に声をあげたのはサイラスだった。

「ああ、ミツカ、君は騙されているんだ。もう大丈夫、僕とこの森で暮らそう。二度と離さないからね」

「願い下げよ。それに夫はすぐにここを突き止めるわ」

「どうやって?」

エミはあざ笑う。

「証拠は何重にも消してあるわ。……ああ、いつまでそれをつけているの」

エミは私に近づき、薬指の指輪に触れた。結婚指輪と、クリスマスに贈られたダイヤの指輪……! 私は必死で拳を握り、抵抗する。

「やめて!」

「生意気よ。たまたま運がよくてムネユキの妻になれただけなのに、愛されているなんてたわ言!」

エミが金切り声で叫び、彼女の爪が皮膚に食い込んだ。私は歯を食いしばり、目に涙を浮かべながら、それでも手の力を緩めない。

「絶対に、これだけは」

日本語で呟く。あのクリスマスイブの夜を思い出す。暖かな暖炉、燃えていく契約、その代わりにした約束、そして宗之さんの温もり。

「宗之さあ……ん」

耐えきれず夫の名前を呼ぶ。助けて、宗之さん、助けて……!

「はは、どんなに呼んだって君の夫は来ないよ」

サイラスがそう言った瞬間だった。遠くからバラバラと音が聞こえてくる。

「何……？」

エミがいぶかしみ呟く間にも、その音は大きくなる。ヘリコプターの音だと気が付いた時には、ダウンウォッシュだろう、辺りの木々が猛烈な強風で揺れるのが窓越しに見えた。

「しまった、警察？」

「まさか、防犯カメラだって避けたのに？　ちょっと、ヘマしたんじゃないでしょうね」

目出し帽の男にエミが詰め寄る。男は舌打ちとともに「してねえよ」と辺りを見回す。

「オレはずらかるぜ」

「な、置いて逃げる気」

「当たり前だろう、金でやとわれてるだけなん……わあっ」

バリン、とガラスが割れる音がした。サイラスに抱かれたまま顔を上げる。

天井に近い採光窓が割れていた。キラキラと破片が日に輝く。

窓の桟に足をかけ、こちらを見下ろしていたのは。

かのような……。

「宗之……さん……？」

「楽しそうなパーティーだな」

低く、威圧感たっぷりの冷酷な声だった。その場にいた全員が、凍り付いてしまうかのような……。

「俺も招待願おうか」

そう言って彼は窓から床に飛び降りる。絨毯のせいか、音もない。そのまま立ち上がり、私を抱えているサイラスを睥睨する。夕日のせいで陰になり、その表情はよく見えない。ただ、瞳だけが冷徹に怒りを内包し、ぎらりと輝く。

「俺の妻を離せ。二度はないと言ったはずだ」

「い、嫌だ。ミツカは僕のだ、僕のなんだ」

私を抱きしめ駄々をこねるサイラスの腕の中で、必死に身体をよじる。一瞬手が離れた瞬間に、宗之さんに奪われるように抱きとめられた。

「宗之さん……っ」

「三花」

宗之さんの声は掠れていた。心臓がぎゅっとなる。自分が痛くて怖かったことよりも、彼に心配をかけたことのほうがつらい。

「ごめんなさい、ごめんなさい……」

「謝るのは俺のほうだ」

勝手に護衛を外したのは私なのに、彼は優しく私の頭を撫でた。

「くそ、何がどうなってるんだよ。こうなったら目撃者消して逃げてやる」

目出し帽の男が叫び、ナイフを宗之さんに振りかざす。

「嫌、宗之さん！」

動かない身体で叫ぶ私に宗之さんは眉を下げ優しく微笑み、一歩足を引く。すかっとナイフが宙を裂き、男がバランスを崩した瞬間に宗之さんは暖炉の火かき棒を手に取った。

「む、宗之さん。私を置いて逃げて」

「冗談だろう」

宗之さんは片手で私を抱いたまま、ナイフを構える男に右手で火かき棒を向ける。

「君の選んだ男は、君が思っているよりずっとタフだってところを見せてやる」

彼は笑い、怒号を上げてかかってきた目出し帽の男を除けざまに手首を火かき棒でたたく。男は「ぐわあっ」と呻き、ナイフを取り落とした。そのまま足を払い、こけた男の首元に棒の先端を突きつける。

「他愛もないな」

わざわざ英語で言い放ち、固まっているサイラスを睨みつける。

「おい。妻が欲しいならかかってこい」

「あ、その、ええと、僕は」

ぶるぶる震えるサイラスの前に、エミが立つ。

「どうして？　どうしてなの、あなたは誰かを愛するような人じゃなかった！　結婚相手が誰でもいいなら私でもよかったでしょう！」

バン！と扉が開く。わらわらとなだれ込んできたのは警官隊だ。

宗之さんは拘束されていく三人を見ながら、私を抱えたまま歩き出す。

「ムネユキ……っ」

警官に羽交い絞めにされたエミはそれでも暴れながら宗之さんを呼ぶ。

「わたしでもよかったでしょう……？」

宗之さんは振り向き、「気が変わった」と冷淡な声で告げた。

「お前たちが二度と妻の前に現れないようにすればいいと思っていたが、それでは甘いようだ」

「ムネユキ……？」

「どこまでも追い詰めて潰す。たとえ地獄だろうと」

ひい、と叫ぶエミを無視し、宗之さんは私に柔らかな視線を向けた。

「俺が愛するのは三花だけだ」

そう言って私の額にキスを落とす。温かく、柔らかな唇に心がほどけ、わんわんと子供みたいに泣きじゃくる。私も愛してると、なんどもしゃくりあげながら告げる。

そんな私を抱きしめ、宗之さんはただ静かに呼吸を繰り返していた。私が生きてここにいるのを確かめるかのように、ただひたすら抱きしめ続けていた。

【エピローグ】


私の手首と足首に残った傷跡が、宗之さんはどうも気になるらしい。

「……ねえ、ん、っ。くすぐったいよ、宗之さん」

「民間療法だ」

「絶対嘘……」

日本に戻ってひと月。自宅のベッドの上で、私は足首を大好きな旦那様に掴まれ何度もキスを落とされていた。かすり傷だったから傷口はすっかりふさがって、ただ茶色い跡が残ってしまっていた。

その跡に、彼は唇を落とす。消えますようにと、そんな願いがこもっているのが分かるから拒否しづらい。

……ただ、とてもくすぐったくて、恥ずかしくて。

「やあ……ん」

「……そんな甘い声を出されると、誘われているのかと勘違いする」

「さ、誘っているわけじゃ、あんっ」

「……君が悪いからな」

絶対に悪くないと思う。でもその反論は口をキスでふさがれてさせてもらえなくて、結局今日も甘く甘く蕩かされ、喘がされてしまうのだ。

——あの日。

さすがに戻るのが遅いと私たちを心配したキャシーが大騒ぎし、それに気が付いたボディーガードが宗之さんに報告。彼はすぐさま警察を手配し、警備会社と民間のセキュリティ会社の協力をとりつけ、ロンドン中の防犯カメラから車の逃走経路を割り出し、あの屋敷を見つけたのだそう。まさかヘリから梯子で降下して、乗り込んでくるとは思わなかったけれど。

「ああいうの、経験あったの？」

「まさか。はじめてだが頭に血が上っていてそれどころじゃなかったんだ」

甘く睦みあったあと、さらさらと髪の毛を撫でる宗之さんに聞けば、あっさりとそう答えられてしまった。

「危ないよ」

「妻の危機なんだ。それどころじゃないだろう」

まっすぐに言う彼に、譲ろうという気配はみじんもない。眉を下げると、宗之さんは自信たっぷりに笑う。

「言っただろう。俺は君が思っているよりずっとタフなんだ」

「……うん」

エミとサイラスはちょうど裁判を受けているところのようだ。日本と違い、イギリスでは犯人であることが明白である場合、本人が否認していても起訴されるとのことで、もう判決が出る直前らしかった。

「出所したとしても、あいつらは自分たちの領地から一歩も出られないようにしてあるからな」

とは、宗之さんの言葉。恐らくイギリスでの影響力をフルに使ってくれたのだろうと思う。

「それより、来月から忙しくなるな。無理はするなよ、すぐに俺に頼れ。少しは詳しいからな」

「少しはって……グループ会社の運営で、あなたに勝る人なんてそうそういないでしょうに」

苦笑しながら彼の温かな身体に寄り添う。

――父の恋人のはずだった志津子さんが父に復讐のために近づいていたと知ったのは、帰国してすぐのことだった。父と兄の不正が暴かれ、彼らはあっという間に高い椅子から転がり落ちた。そのせいで、会社はすっかり混沌としてしまった。結局、どうしようもなくなった親族や重役が私に泣きついてきたのだ。そんなわけで、来月から私はグループ会社の重役に就任する。実家や会社に情があったわけじゃない。ビジネス的な判断からだ。

……その不正を暴いたのは、宗之さんだった。

『志津子さんの協力があってこそだったよ』

と、彼はさらっと言っていたけれど。どうやら私を守るため、父と兄のことを探っているうちに志津子さんにたどり着いたそうだ。

『あなたのお母さん……実花《みか》はね、とてもやさしくていい子だったの。北里会長のことも、心から愛していた。あなたがお腹に来た時も、大喜びで連絡をくれて。名前は何にしようって本当に幸せそうにお腹を撫でていたわ』

志津子さんはそう語ってくれた。なんでも、母とは学生時代からの親友だったらしい。

『ところが、臨月の頃。北里会長は愛人との間にできた男の子……あなたの兄を連れてきたの。後継にすると、愛人のほうを愛しているのだと言い放ったそうなの。実花のことは家柄だけで選んだのだと』

『……父の言いそうなことです』

『それ以来、実花は変わってしまった。女の子が生まれたら、将来一緒に遊ぶのだとたくさん集めていた、人形用の小物も捨てて。そうしてあなたが生まれたの。本来なら、たっぷりと母親の愛に包まれて育つはずだった、あなたが。でもね』

志津子さんは俯き、震えた。

『実花はあなたを愛していた。心からね……あなたがバレエの主役を降りたころ、ぽつりと言ったことがあったの。女の子は感情を持ってはだめ、傷ついてしまうの、それなら感情を持たずに生きていたほうが幸せよ、って。……壊れてしまった実花なりに、あなたを愛していたの』

私はじっと志津子さんを見つめた。彼女は涙を拭い、続ける。

『それから病気で亡くなって……わたしは北里会長を恨んだ。あの子には生きる気力がもうなかったの、あの男のせいで。それで手術も拒んだのよ』

志津子さんは苦しげに眉根を寄せた。

『結局、あなたのお兄さんの実母のことも平気で捨てたわ。他にもあくどいことをしているのは知っていたから、証拠を掴み、あの座から蹴り落としてやる、全部奪ってやると。近づくためにクラブに勤め、あいつ好みの女を演じ笑顔を向け媚びるたび、怒りでその場で縊《くび》り殺してやろうと何回考えたか。でも……時間がかかってしまったけれど、寒河江社長のおかげで成就できた』

ほう、と志津子さんは肩から力を抜く。

『あなたに時々プレゼントしていた小物はね、実花があなたのために用意していたものなの、こっそり回収しておいたのよ』

私は目を丸くする。あの小さな人形用の小物は……私へと用意されたものだった。

『もうこれで、いつ実花のところに行ってもいいわ。きっと天国では笑っているでしょうから』

志津子さんの薄い微笑みに、私は「嫌です」と呟いた。

『志津子さん。私とお仕事、してもらえませんか』

『……え？』

志津子さんに提案したのは、彼女の仕事であるエステに、最近台湾から輸入している漢方茶を組み合わせること。漢方茶自体は、兄の元奥さんに手伝ってもらっている事業だ。

『志津子さんと仕事がしてみたいです。何となく……母もそれを望んでいる気がして』

生きる目的を持ってほしかった。

まっすぐに言うと、志津子さんは柔らかく笑った。

『親友の娘に言われてはね』


……親友、といえば。

帰国したら空港に心配した梨々香がいたことにもびっくりしたけれど、心配しすぎたキャシーが追いかけてきたのにも驚いた。

『ああもう、ミツカのことが心配で心配で……っ。誘拐のこともそうだけれど、あなたひとりで頑張りすぎるから、しばらくわたし日本にいてサポートしてあげる。そうね、例えばあなたの個人秘書なんてどう？』

『ええっ、キャシー？』

『キャシー、分かるわ。三花って凛としているのだけれど、守りたくなるのよね』

『梨々香まで何？』

梨々香とキャシーが笑いあう。私の知らないところで、ふたりはどうやら意気投合したらしかった。

グループ会社の重役に就いてしばらく経った、春の盛りのころ。

私の本業である、茶葉の関係で都内にある老舗ホテルのカフェテリアを訪れたところ、秘書の谷垣さんを連れた宗之さんに会った。今日も彼の手首では、私からのプレゼントの時計が時間を刻んでいる。私も今、揃いのものを着けていた。

「あら、どうしたの？」

「今度ここで催されるレセプションの関係で」

そう説明しながら、私の背後をちらちら気にしている。不思議に思って振り向けば、新しい秘書がにこにこ立っているだけだ。少し年下の男性秘書だ。

「どうしたの？」

「吉岡さんとキャシーは」

「ああ、吉岡くんには北里のほうの秘書課を任せたの。有能だからね。キャシーは会社に残ってくれているけど……？」

ほーう、と宗之さんはなぜか目を細める。首を傾げつつ「紹介するわ、私の夫」と秘書に宗之さんを紹介する。

「はじめまして」

頭を下げる秘書を宗之さんはじっと見たあと、ふっと笑い腕を組む。

「妻は優しいだろう?」

「え?　ええ。とても〝氷の女王〟なんて言われているとは思えない優しい方で、それからお綺麗でかわいらしくて」

「だよな」

宗之さんはなぜだか私の腰を引き寄せ「車まで送る」と微笑む。

「え?」

「いや、会社までドライブがてら俺の車で送ろう」

不思議に思いつつ、秘書に車で戻るよう指示を出した。

ふたりで地下の駐車場まで下りると、宗之さんは唇を尖らせ言う。

「あの秘書、君のことをキラキラした目で見ていたぞ。綺麗だとか、かわいいだとか」

誰もいない駐車場で、彼の声がかすかに響く。

「ええっ?　まさか。リップサービスよ」

そう答えたあと、私の腰を抱いたりここまで連れてきたりしたのは秘書に対するけん制なのだと気が付いて目を瞬く。

「もう、何をやっているの」

見上げた先で、宗之さんはちょっと拗ねた顔をする。〝極氷〟の彼がこんなふうになるのは私の前でだけだ。甘えてくれているのかな、と胸がくすぐったい。ついくすくすと笑って肩を揺らすと、宗之さんは私を抱き寄せちゅっとこめかみにキスをした。

「君は魅力的なんだから、気を付けてくれ。君がいつも笑顔でいるのは好ましいが、いちいち男どもにけん制しなくてはならないこちらの身にもなってほしい」

「魅力的？　そうかしら」

「そうに決まってる」

宗之さんのキスがこめかみや額にも落ちてくる。私もつい甘えかえしてしまいつつ、ハッと思い出して「あのね」と話しかけた。

「何だ？」

「午前中、病院へ行ってきたの」

「病院⁉」

宗之さんが私の顔を覗き込む。

「一体どうしたんだ？　過労か？　すこし休め、本当に」

「違うの」

私はそっと声をひそめ、小さく微笑んで続ける。

「妊娠してた」

宗之さんが一瞬動きを止め、それから目をゆっくりと瞬いた。

「妊娠」

「そう。私たちの赤ちゃん」

そう言うと、宗之さんは信じられないくらい、ふわっと優しく笑った。

「そうか」

「そうなの」

「そうか……」

宗之さんはしみじみとした顔で言い、すぐさま私を抱き上げた。

「きゃあ！」

「それこそ、もう無理するな。可能な限り業務は全て他に振れ」

「そういうわけにもいかないわ」

「よくある台詞だろうが、もう君だけの身体じゃないんだぞ」

彼の口からそんな言葉が出るなんて、と笑っていると、スタスタ歩いて車の助手席に座らされる。その上シートベルトまでつけられて。きょとんとしていると、宗之さんは満足そうに笑い、運転席に座った。

「あの、まさか生まれるまでこんな過保護に……？」

「実はずっと甘えてほしかったんだ」

「じゅうぶん甘えていますけど？」

宗之さんは聞いているのかいないのか、鼻歌交じりにアクセルを踏む。私の前でだけ出る、ほんのちょっとだけ調子の外れた鼻歌。

地下から出ると、街路樹の桜が今が盛りと咲き誇っている。晴れた空は絵の具が滲んだような美しい水色。

「今日は暖かいね」

私が言うと、宗之さんも「そうだな」と笑う。

じんわりと、幸福感で胸がほんわりと熱を持つ。

あなたの横は、温もりがあって、ぽかぽか幸せだ。

心地よくて、そっと目を閉じる。

私の氷は、もうすっかり溶けてしまったのだろう。以前みたいにふるまおうとしても、とうていできない。

これからも、この陽だまりみたいな温かさと一緒に生きていく。

そう思うと、泣きそうなほどに幸福だった。

幸福なまどろみの中、夢を見る。
少年が去ったあとの、雪の女王のもとに、王子様はやってくる。
そうして王子様の温もりで雪が溶け去り、彼女は花が咲いたように笑った。
——やっぱり物語は、ハッピーエンドじゃないとね。

了

特別書き下ろし番外編

幸福

小さな舞台だ。

オーケストラもシャンデリアもない、都内の小さなホール。当たり前だ、幼稚園児から小学校低学年の子供たちのための舞台、バレエの発表会なのだから。

「宗之さま。ほら、六花《むつか》さまの出番ですよ、ああなんとかわいらしい。この谷垣、馬齢を重ねたかいがあります、いつ死んでも悔いはありません」

俺は苦笑しつつ、七十半ばになっても変わらず俺の秘書を務め……というか退く気がない谷垣を横目で眺めた。客席のちょうど中央、見やすい席に俺たちは座っていた。

今日は四歳の娘、六花のはじめてのバレエの発表会だ。朝からあれがないこれがない、この髪じゃ嫌だただの何だのと大騒ぎしていたとは思えないすまし顔で、習ったばかりだという腕の動きを一生懸命にこなす。バレエと聞くとイメージする腕を上げ卵形にしたようなやつだ。脚はかわいらしくクロスさせていた。

「ううむ、綺麗なアン・オーです」

横から解説を入れてくる谷垣の言葉を聞きつつ、俺は内心、ほんの少し緊張していた。

……というのも。

「ああっ、出てきましたぞ宗之様！　ああ何とお綺麗なんでしょうか、三花様は」

他がどうかは知らないが、このバレエ教室は自身もバレエをしていたという母親の割合が高いらしい。そのため、一緒に踊る親子も多い。三花と六花も、同様に。

あくまで子供の発表会のため、メインは子供で親はサポートのような形となるが……俺が三花のバレエを見るのははじめてだった。

ふたりは息を合わせ、時折微笑みあいながら優しい音楽とともに身体を動かす。三花が六花を見つめる瞳は、深い深い愛情と慈しみに満ちていた。実際、目に入れても痛くないほど三花は六花を溺愛している。

「優雅なストゥニューですなあ」

くるりと優雅に回転する三花を見て、谷垣が目を細めて言う。俺は舞台から目が離せなかった。一輪の花が舞っているかのように思えたから。

「ぱぱー！」

発表会後、待ち合わせした玄関ホールに六花が毬《まり》のように跳ねながら俺のところにかけてくる。俺は六花の小さな身体を抱き上げ、かわいらしくセットされた髪に頬を寄せる。

「ぱぱ、むつかのこと見てた？」

「見ていたよ、当たり前だろう。とっても上手だった」

「でしょう」

得意げな六花に微笑むと、周りの保護者たちがさっと目を逸らしたのが分かった。首を傾げていると、着替えて戻ってきた三花が小さく笑い、こっそりと教えてくれる。

「極氷が娘相手とはいえあんなに甘い顔をするとはってところだと思うわ。みなさん、びっくりしているのよ」

「そうなのか」

俺は苦笑しつつ、一体どんな顔をしていたんだろうなと思う。

片腕で六花を抱っこしなおし、三花を片手で抱き寄せた。

「君も綺麗だった」

「ふふ、ありがとう」

俺が妻を溺愛しているのは有名な話だからか、今度はそこまで周りもざわつかなかった。まあ、その噂に今度は娘を溺愛していると加わるだけだ。そのほうが将来的にも虫がつかなくていいなとこっそり考えた。

その時は三花は余裕っぽくしていたくせに、夜になって改めて感想を言うと、みるみるうちに真っ赤になって顔を両手で覆った。

「何度も言うが、踊る君は本当に綺麗だった。花か妖精か、あるいは天使かと思った」

自宅のサンルーム。疲れ果てた六花は寝室で夢の中だ。俺たちはいつも通り、サンルームのソファに並んで座り――ソファをふたり掛けのものに変えたのだ――のんびりとワインをたしなんでいた。

ガラスの天井に、春の月が優しく光っているのが見える。

「は、花だなんて。妖精？　いつもながら何て褒め方をするの、あなたは」

ようやくかわいい顔を覗かせた三花は、照れ隠しだろう、グラスに残っていたワインを飲み干す。

「俺は見たままのことを伝えているだけだ」

そう言うと、三花は「もう」とかわいらしく唇を尖らせた。肋骨の奥がキュンとして、俺は彼女を抱き寄せてこめかみにキスを落とす。

「君が本当に綺麗だったんだ」

「……ありがとう」

三花は観念したのか、はたまた少し酔ったのか、俺に猫のように甘えて膝に乗ってくる。

いつくらいからだろう、かつて俺が想像した――三花が猫のように甘えてくれるようになったのは。かわいすぎて死ぬだろうと思っていたが、俺も案外しぶとい。日々愛おしさが増す三花にどこまで耐えられるだろうか。

「そ、そういうのは口にしないで」

「出ていたか」

俺は腕の中、真っ赤になって俺をかわいらしく睨む三花の頭に頬を寄せた。

「というか、初耳よ。いつそんな想像をしていたの」

「ああ……まだ結婚したばかりの時、師匠に三花がどんな女性なのか聞かれてな。それでペルシャ猫のように高貴で上品で優雅な人だと答えたんだ」

はじめて贈ったペルシャ猫の人形は、今日もリビングにかわいらしく飾られている。

「その時、師匠にペルシャ猫は甘えん坊と言われて。三花が甘えてくれたらどんなにかわいいだろうと想像してしまったんだ」

「そうだったの」

答えながらも彼女の耳は真っ赤だ。ふ、と笑ってその耳を唇で食《は》む。

「あ、もう……」

かすかにあえかな息が漏れる。俺は彼女の艶やかな髪をかき上げ、うなじにもキスを落とした。

「好きだ、三花。結婚してくれてありがとう」

「私も、好き……宗之さん」

唇が重なる。どんどん深くなり、三花をソファに押し倒したころには彼女の瞳はとろりと甘く濡れ、唇もほんのりと色を濃くしていた。

「かわいい」

思わずそう呟きながら彼女の頬を撫でる。陶器のような白い肌に、うっすらと血の色が透けているのがたまらない。

愛の言葉を繰り返しながらその柔肌に唇を這わせ、甘く噛み、強く吸って跡をつける。

「あ、もう……隠すの大変なのよ」

「虫よけだ」

そう答えると、ふふふ、と三花は面白そうに笑った。

「天下の寒河江宗之の妻に手を出そうなんて男はいないわ」

「いるかもしれない。全く、俺は君をどこかに閉じ込めておきたいんだぞ？　誰の目にも触れないところに」

「あら、そうなの？」

「そうしない俺の寛容さを褒めてくれ」

「まったく、あなたは時々わんこみたいだわ」

「犬？　はじめて言われた」

「時々、褒めてほしいって顔で私を見てるのよ。お城を私にプレゼントしようとした時だとか……」

「ああ。いい加減受け取ってくれないか」

三花は呆れたようにくすくすと笑う。その呆れ顔はとても幸福そうで、俺も幸せになる。

「今年も行きましょう。六花も気に入ったようだし」

「そうするか」

俺たちは今年の予定を話し合いながら、お互いの服を脱がせる。いまだに三花が照れるのがかわいらしい。ソファの隅にあったブランケットを掴む手をソファに押し付けると、彼女は照れながらもふと小さく笑う。

「……でも、もしかしたら、今年はお城に行けないかも」

「どうして？」

首を傾げる俺に、三花は赤い顔で秘密を打ち明けるように囁いた。

「赤ちゃんができたら……の話」

そろそろふたりめを、という話になっていたのだ。

「なるほど」

俺は頷き、彼女と額を重ねる。

「そうなったら、家で盛大にクリスマスパーティーをしよう。六花のためにアドベントの楽しみもたっぷり用意して」

ええ、と柔らかく目を細める三花の身体を抱きしめる。温かく、愛おしい。

「そのためにも頑張ろうかな」

「……お手柔らかにね？」

「煽ったのは君のほうだ」

「あ、煽ってなんか……っ、あっ」

お互いの体温を分かちあうように、俺たちは身体を重ねる。蕩けるように、慈しみあうように愛し合う。腕の中にいる妻にあまりにもキュンとして、俺は小さく呟いた。

「君は、温かいな」
三花はきょとんとして、それから——花が咲くように笑った。

了

あとがき

お世話になっております。にしのムラサキです。ハッピーエンドが大好きです。

氷がテーマの今作はヒロインの心が溶けていくまでの姿を書かせていただきましたがいかがでしょうか。ヒーローはそのぶん、ヒロインを包み込めるくらい強くて大きくて愛情深い人になってもらいました（ヒロイン以外には冷たい部分もある人ですが）。

モチーフは作中でも触れたとおりアンデルセン童話の『雪の女王』です。子供のころ読んだ絵本でしか知らなかったので、この度読み直し、あの有名なアニメ映画のこのシーンはここが元ネタなのか〜と色々発見があり面白かったです。

さて今作、ＮＯＵＬ先生にとっても素敵なイラストを描いていただきました。

また編集様がたには日程などいろいろとご配慮いただき、大変お世話になりました。

最後になりましたが、関わってくださった全てのかたにお礼申し上げます。

本当に読んでくださる読者様には何回お礼を言っても言いたりません。本作、楽しんでいただけましたらとっても嬉しいです。

ありがとうございました。

にしのムラサキ

にしのムラサキ先生への
ファンレターのあて先

〒104-0031
東京都中央区京橋1-3-1
八重洲口大栄ビル7F
スターツ出版株式会社　書籍編集部　気付

にしのムラサキ先生

本書へのご意見をお聞かせください

お買い上げいただき、ありがとうございます。
今後の編集の参考にさせていただきますので、
アンケートにお答えいただければ幸いです。

下記URLまたは二次元コードから
アンケートページへお入りください。
https://www.ozmall.co.jp/enquete/IndexTalkappi.aspx?id=2301

この物語はフィクションであり、
実在の人物・団体等には一切関係ありません。
本書の無断複写・転載を禁じます。

極氷御曹司の燃える愛で氷の女王は熱く溶ける
～冷え切った契約結婚だったはずですが～

2025年4月10日　初版第1刷発行

著　者　にしのムラサキ
©Murasaki Nishino 2025

発行人　菊地修一

デザイン　hive & co.,ltd.

校　正　株式会社文字工房燦光

発行所　スターツ出版株式会社
〒104-0031
東京都中央区京橋1-3-1　八重洲口大栄ビル7F
TEL　03-6202-0386（出版マーケティンググループ）
TEL　050-5538-5679（書店様向けご注文専用ダイヤル）
URL　https://starts-pub.jp/

印刷所　株式会社DNP出版プロダクツ

Printed in Japan

乱丁・落丁などの不良品はお取替えいたします。
上記出版マーケティンググループまでお問い合わせください。
定価はカバーに記載されています。

ISBN 978-4-8137-1727-0　C0193

ベリーズ文庫 2025年4月発売

『結婚不適合なふたりが夫婦になったら―女嫌いパイロットが鉄壁妻に激甘に!?』 紅《くれない》カオル・著

空港で働く史花は超がつく真面目人間。ある日、ひょんなことから友人に男性を紹介されることに。現れたのは同じ職場の女嫌いパイロット・優成だった！彼は「女性避けがしたい」と契約結婚を提案してきて!?　驚くも、母を安心させたい史花は承諾。冷めた結婚が始まるが、鉄仮面な優成が激愛に目覚めて…!?

ISBN978-4-8137-1724-9／定価825円（本体750円＋税10%）

『悪辣外科医、契約妻に狂おしいほどの愛を尽くす【極上の悪い男シリーズ】』 伊月《いづき》ジュイ・著

外科部長の父の薦めで璃子はエリート脳外科医・真宙と出会う。優しい彼に惹かれ結婚前提の交際を始めるが、ある日彼の本性を知ってしまい…!?　母の手術をする代わりに真宙に求められたのは契約結婚。悪辣外科医との前途多難な新婚生活と思いきや――「全部俺で埋め尽くす」と溺愛を刻み付けられて!?

ISBN978-4-8137-1725-6／定価814円（本体740円＋税10%）

『離婚計画は白紙です！～男嫌いなかりそめ妻はカタブツ警視正の甘い愛に陥落して～』 田崎《たさき》くるみ・著

過去のトラウマで男性恐怖症になってしまった澪は、父の勧めで警視正の壱夜とお見合いをすることに。両親を安心させたい一心で結婚を考える澪に彼が提案したのは「離婚前提の結婚」で…!?　すれ違いの日々が続いていたはずが、カタブツな壱夜はある日を境に澪への愛情が止められなくなり…！

ISBN978-4-8137-1726-3／定価814円（本体740円＋税10%）

『極氷御曹司の燃える愛で氷の女王は熱く溶ける～冷え切った契約結婚だったはずですが～』 にしのムラサキ・著

名家の娘のため厳しく育てられた三花は、感情を表に出さないことから"氷の女王"と呼ばれている。実家の命で結婚したのは"極氷"と名高い御曹司・宗之。冷徹なふたりは仮面夫婦として生活を続けていくはずだったが――「俺は君を愛してしまった」と宗之の溺愛が爆発！　三花の凍てついた心を溶かし尽くし…

ISBN978-4-8137-1727-0／定価825円（本体750円＋税10%）

『隠れ執着外交官は「生憎、俺は諦めが悪い」とママとベビーを愛し離さない』 白亜凛《はくありん》・著

令嬢・香乃子は、外交官・真司と1年限定の政略結婚をすることに。愛なき生活が始まるも、なぜか真司は徐々に甘さを増し香乃子も心を開き始める。ふたりは体を重ねるも、ある日彼には愛する女性がいると知り…。香乃子は真司の前から去るが、妊娠が発覚。数年後、ひとりで子育てしていると真司が現れて…！

ISBN978-4-8137-1728-7／定価825円（本体750円＋税10%）

ベリーズ文庫 2025年4月発売

『医者嫌いですが、エリート外科医に双子ごと溺愛包囲されてます!?』日向野《ひなたの》ジュン・著

日本料理店で働く美尋は客として訪れた貴悠と出会い急接近！ふたりは交際を始めるが、ある日美尋は貴悠に婚約者がいることを知ってしまう。その時既に美尋は貴悠との子を妊娠していた。彼のもとを離れシングルマザーとして過ごしていたところに貴悠が現れ、双子ごと極上の愛で包み込んでいき…！

ISBN978-4-8137-1729-4／定価814円（本体740円＋税10%）

ベリーズ文庫with 2025年4月発売

『素直になれたら私たちは』白石《しらいし》さよ・著

バツイチになった琴里。両親が留守中の実家に戻ると、なぜか隣に住む年上の堅物幼馴染・孝太郎がいた。昔から苦手意識のある孝太郎との再会に琴里はげんなり。しかしある日、琴里宅が空き巣被害に。恐怖を拭えない琴里に、孝太郎が「しばらくうちに来いよ」と提案してきて…まさかの同居生活が始まり!?

ISBN978-4-8137-1730-0／定価814円（本体740円＋税10%）

『他部署のモサ男くんは終業後にやってくる』朧月《おぼろづき》あき・著

完璧主義なあまり、生きづらさを感じていた鞠乃。そんな時社内で「モサ男」と呼ばれるシステム部の蒼に気を抜いた姿を見られてしまう！　幻滅されると思いきや、蒼はありのままの自分を受け入れてくれて…。自然体な彼に心をほぐされていく鞠乃。ふたりの距離が縮んだある日、突然彼がそっけなくなって…!?

ISBN978-4-8137-1731-7／定価814円（本体740円＋税10%）

ベリーズ文庫 2025年5月発売予定

Now Printing

『結婚嫌いな彼に結婚してなんて言えません』滝井《たきい》みらん・著

学生時代からずっと忘れずにいた先輩である脳外科医・司に再会した雪。もう二度と会えないかも…と思った雪は衝撃的な告白をする！　そこから恋人のような関係になるが、雪は彼が自分なんかに本気になるわけないと考えていた。ところが「俺はお前しか愛せない」と溺愛溢れる司の独占欲を刻み込まれて…!?

ISBN978-4-8137-1738-6／予価814円（本体740円＋税10%）

Now Printing

『愛の極【極上の悪い男シリーズ】』麻生《あそう》ミカリ・著

父の顔を知らず、母とふたりで生きてきた瑛奈。そんな母が病に倒れ、頼ることになったのは極道の組長だった父親。母を助けるため、将来有望な組の男・翔と政略結婚させられて!?　心を押し殺して結婚したはずが、翔の甘く優しい一面に惹かれていく。しかし実は翔は、組を潰すために潜入中の公安警察で…！

ISBN978-4-8137-1739-3／予価814円（本体740円＋税10%）

Now Printing

『タイトル未定（バツイチ×契約結婚）』未《み》華《はな》空《そら》央《お》・著

夫の浮気が原因で離婚した知花はある日、会社でも冷血無感情で有名なCEO・裕翔から呼び出される。彼からの突然の依頼は、縁談避けのための婚約者役!?　しかも知花の希望人事まで受け入れるようで…。知花は了承しニセの婚約者としての生活が始まるが、裕翔から向けられる視線は徐々に熱を帯びていき…！

ISBN978-4-8137-1740-9／予価814円（本体740円＋税10%）

Now Printing

『元カレパイロットの一途な忠愛』蓮美《はすみ》ちま・著

美咲が帰宅すると、同棲している恋人が元カノを連れ込んでいた。ショックで逃げ出し、兄が住むマンションに向かうと8年前の恋人でパイロットの大翔と再会！　美咲の事情を知った大翔は一時的な同居を提案する。過去、一方的に別れを告げた美咲だが、一途な大翔の容赦ない溺愛猛攻に陥落寸前に…!?

ISBN978-4-8137-1741-6／予価814円（本体740円＋税10%）

Now Printing

『タイトル未定（ハイパーレスキュー×双子）』花木《はなき》きな・著

桃花が働く洋菓子店にコワモテ男性が来店。彼は昔遭った事故で助けてくれた消防士・橙吾だった。やがて情熱的な交際に発展。しかし彼の婚約者を名乗る女性が現れ、実は御曹司である橙吾とは釣り合わないと迫られる。やむなく身を引くが妊娠が発覚…！　すると別れたはずの橙吾が現れ激愛に捕まって…!?

ISBN978-4-8137-1742-3／予価814円（本体740円＋税10%）

タイトル、価格等は変更になることがございますのでご了承ください。